I0669367

# À cœur PERDU

## ANDREW GREY

# À cœur PERDU

## ANDREW GREY

Publié par
DREAMSPINNER PRESS

5032 Capital Circle SW, Suite 2, PMB# 279, Tallahassee, FL 32305-7886 USA
www.dreamspinnerpress.com

Édition e-book en français : 978-1-63533-959-8
Édition imprimée en français : 978-1-63533-958-1
Première édition française : juillet 2017
v 1.0

Édité aux États-Unis d'Amérique.

*À Mary Calmes, Amy Lane, et Ariel Tachna.*

# I

WILSON EDWARDS remonta l'allée devant la maison qu'il venait juste d'acheter, un immense sourire sur le visage.

— N'est-elle pas fantastique ? s'extasia-t-il.

Il contempla les kilomètres d'herbe verbe qui s'étendaient à perte de vue, jusqu'au pied des montagnes du Wyoming, et sentit ses muscles se détendre. Il n'y avait pas une seule habitation, pas un seul véhicule, pas âme qui vive à l'horizon. La seule chose que l'on pouvait entendre était le vent qui soufflait sur la plaine. Quelques arbres et quelques clôtures étaient visibles au loin, perdus dans l'étendue infinie de terre sauvage.

— Non, maugréa Howard derrière lui. C'est une vieille bicoque perdue au milieu de nulle part, asséna-t-il d'un ton péremptoire. Willie, partons d'ici et tâchons de trouver un hôtel décent, de préférence avec un bar.

Wilson se tourna vers lui en serrant les poings.

— Il n'y a plus de Willie. Willie est un personnage que tu as créé pour vendre des disques il y a dix ans, et je ne veux plus entendre parler de lui. Je suis vanné Howard, et si j'entends encore ne serait-ce qu'une seule fois scander mon nom par une foule, je vais te tordre le cou. J'ai besoin de vacances, et j'ai bien l'intention de les passer ici.

Wilson lança à son manager un regard exaspéré. Howard portait des bottes de cow-boy usées, un jean délavé et une vieille veste en cuir. C'était un déguisement soigneusement construit, tout comme celui que portait Wilson. Du *faux vieux*. En vérité, pas un seul de leurs vêtements n'avait plus d'un mois. Tout était fait pour qu'ils ressemblent à d'authentiques cow-boys, mais il n'y avait rien d'authentique dans leur apparence. Leurs costumes sur mesure sortaient d'une boutique huppée de Rodeo Drive, dans laquelle un véritable rancher n'aurait jamais eu les moyens de se payer, ne serait-ce qu'une chemise.

— J'en ai assez de vivre cette mascarade, déclara Wilson en se dirigeant vers la porte d'entrée.

Derrière lui, Howard soupira.

— Est-ce que tu peux au moins m'expliquer pourquoi il a fallu qu'on vienne à pied ?

— Je veux prendre le temps de découvrir cet endroit correctement, répondit-il sèchement en lançant un regard désapprobateur à son manager.

Quelqu'un s'était manifestement occupé de l'entretien extérieur. Les arbustes autour de la maison étaient soigneusement taillés et les murs fraîchement repeints. Les granges et les écuries avaient l'air en bon état. Non pas qu'il soit vraiment en mesure d'en juger, mais les bâtiments n'étaient pas délabrés.

— C'est parfait, ajouta-t-il doucement, en se détendant davantage.

Après des mois passés sur la route, à se bousiller le dos sur des matelas d'hôtels bon marché ou dans les bus de tournées, l'air pur de la campagne qui emplissait ses poumons était une véritable bénédiction. Wilson chassa toute pensée négative de son esprit, et se concentra sur sa nouvelle maison.

— Cette baraque est un véritable taudis, marmonna Howard derrière lui.

— Je sais que ce n'est pas Los Angeles, avec ses villas, ses piscines, et ses stars de cinéma, fredonna Wilson en entonnant le générique des *Allumés de Beverly Hills*.

— Combien de temps as-tu l'intention de rester ici ? demanda Howard.

Wilson grimpa les quelques marches qui conduisaient sur le porche en s'imaginant déjà y installer un rocking-chair.

— Howard, rends-toi à l'évidence. J'ai vendu la maison de Malibu et celle de Brentwood est sur le marché. J'en ai fini avec ce train de vie de dératé et ces fausses maisons méditerranéennes dans leurs rues qui ressemblent à un village en plastique.

— Et les répétitions ? demanda son manager en regardant autour de lui. Où s'installera le groupe ? Et le reste de l'équipe ?

— Ils ne s'installeront pas et avant que tu ne le demandes, toi non plus. Ça va faire dix ans qu'on vit collés l'un à l'autre, on ne peut pas continuer comme ça.

— Tu me vires ? s'écria Howard.

2

— Je ne te vire pas, le corrigea Wilson en secouant la tête. J'impose des limites à ma vie privée. Tu as vécu dans ma maison, tu t'es occupé de ma carrière et de mon image publique pendant plus de dix ans. Je veux ma propre vie Howard, et je pense que tu peux continuer à en gérer l'aspect professionnel, tout en ayant ta propre maison.

Depuis quelque temps, il nourrissait à l'encontre de son manager une colère et un ressentiment croissants. Il se sentait surprotégé, presque étouffé par sa présence. Il savait que Howard veillait sur lui, mais il était assez grand pour prendre soin de lui-même.

Il se saisit de la clef que l'agent immobilier lui avait donnée, l'inséra dans la serrure et ouvrit la porte. Howard le suivit à contrecœur.

— Si tu veux vraiment t'installer ici, tu vas avoir besoin de moi, déclara-t-il en examinant l'état de la maison d'un air songeur. Nous pourrions abattre la cloison du fond pour agrandir, ajouter une suite parentale et un salon avec un studio juste derrière.

— Howard ! l'interrompit Wilson, en élevant la voix. Je te rappelle que tu rentres à Los Angeles dans quelques jours. Il est hors de question d'agrandir la maison afin que tu t'y installes. Je veux ma propre vie, Howard. Qu'est-ce que tu ne comprends pas dans la phrase « je veux ma propre vie » ? Tu es un excellent manager Howard, mais il faut que tu m'écoutes.

— Tu n'es quand même pas sérieux ? Tu ne vas pas t'installer ici pour de bon ? demanda son manager, debout au milieu du salon, les bras écartés.

— Au moins, tout est vrai ici et je m'y sens bien.

— Mais tu t'es engagé à faire ce film dans quelques mois et ils t'ont déjà payé une avance considérable.

Si Howard parlait déjà affaires, c'était plutôt bon signe, cela signifiait qu'il était en train d'accepter la situation et de chercher des moyens de s'en accommoder.

— Je vais tourner le film, et puis je reviendrai ici. J'ai l'intention de vivre sur ce ranch. Ce sera ma maison désormais. Je vais me créer des racines ici, loin des groupies et de faux amis plus préoccupés par ce que je porte que par la personne que je suis.

Wilson se rapprocha de son manager bouche bée, et le son de ses bottes sur le vieux parquet se répercuta dans le silence de la maison vide.

— Nous avons tous les deux un besoin de ce changement. Ça fait tellement longtemps que nous vivons l'un sur l'autre que tu ne sais plus faire autrement. Trouve-toi quelqu'un, construis une maison, fais des enfants si c'est ce que tu veux. Moi, j'ai fait mon choix Howard, et j'ai choisi cet endroit.

Howard regarda de nouveau autour de lui. Après un long silence, il déclara en soupirant :

— Autant jeter un coup d'œil au reste du ranch tant que nous sommes là. Mais après ça, retour à la voiture et à l'hôtel, j'ai des coups de fil à passer.

Mais Wilson ne l'écoutait déjà plus, trop occupé à contempler la maison. C'était la première fois qu'il la découvrait vraiment ; il l'avait achetée après une visite virtuelle. Il n'était pas déçu, elle était exactement comme il l'avait imaginée. Elle était rustique et authentique, loin des meubles designers hors de prix, et des villas tape-à-l'œil de Los Angeles.

— Nous pourrions faire appel à un architecte d'intérieur, j'en connais de très bons à L.A., déclara Howard depuis l'autre bout de la pièce.

— Non, merci, répondit Wilson en secouant la tête. Je tiens à m'en occuper.

Il voulait que sa maison reflète sa personnalité et non pas qu'elle semble sortie d'un magazine de décoration.

Howard se mit à rire et Wilson se retourna pour lui faire face.

— Tu joues avec le feu Howard, dit-il d'un ton sec.

— Toi ? Aménager ton intérieur ? Tu te souviens quand même que c'est moi qui ai supervisé la décoration de la maison de L.A. pour qu'elle soit à ton image ?

Ce fut au tour de Wilson d'éclater de rire.

— Tu veux dire, *à ton* image. Si j'ai bonne mémoire, tu as attendu que je sois à l'étranger pour la meubler comme tu l'entendais. Sans rancune, Howard, après tout, tu as aidé à la financer.

Wilson attendit que son manager enregistre cette information.

— Qu'est-ce que tu racontes ? Cette maison était à toi... est à toi.

— Et tu croyais que j'allais te laisser y vivre toutes ces années gratuitement ? Laisse-moi t'informer que ces dix dernières années, mon comptable a déduit le loyer de ton pourcentage, suivant le taux du marché. Ton poste de manager n'incluait pas le loyer gratuit Howard, lui rappela Wilson en le regardant bien en face. Quand nous avons commencé, tu étais mon meilleur ami, mais quelque part en cours de route, tu as outrepassé tes droits. Alors j'ai remis les choses à leur juste place. Tu es un bon manager, mais tu es devenu un ami déplorable. Je te rappelle que nous étions tous les deux des gamins pauvres du fin fond du Wisconsin, et dès que j'ai touché le gros lot, tu t'es précipité sur le style de vie que Los Angeles et mon argent pouvaient offrir. Je suis fatigué de tout ça et j'ai besoin de repos.

Howard avait l'air dévasté.

— Mon Dieu, Willie, je…

— Ne m'appelle pas Willie ici. C'est Wilson ou Will, comme quand j'étais gamin. Tu te souviens de nos rêves avant l'esbroufe et l'hypocrisie de Los Angeles ? Nous voulions aider nos familles et faire de la bonne musique. De la musique nous en avons fait, il n'y a aucun doute là-dessus, mais nous n'avons aidé personne d'autre que nous-mêmes. Je ne veux plus vivre aussi égoïstement. J'espère que tu le comprendras. Et si ce n'est pas le cas, tant pis, nos chemins se sépareront et je trouverai quelqu'un qui le fera. Mais si tu décides de rester à mes côtés Howard, et que je découvre par la suite que tu as continué dans mon dos à ne servir que ton propre intérêt, je te virerais si vite que tu en auras la tête qui tourne. Ai-je été assez clair ?

— Tu n'as pas confiance en moi ? demanda Howard.

Et dans cet instant, avec son air incertain et son regard triste, il rappela Wilson le gamin qu'il avait rencontré des années auparavant.

— Je ne sais pas, répondit-il honnêtement. Si tu veux ma confiance, il va falloir la regagner. Je suis désolé que nous en soyons arrivés là. Je veux que tu retournes à Los Angeles et que tu organises une vente pour tout le bric-à-brac prétentieux dans la maison de Brentwood. Je te rejoindrais d'ici quelques jours. En attendant, je te suggère de réfléchir à ce que tu comptes faire. Nous ne sommes plus des enfants et il faut que la situation change.

— Je comprends, acquiesça Howard avec un air sérieux et concentré que Wilson ne lui avait plus vu depuis longtemps.

— Je l'espère sincèrement, répondit Wilson en se dirigeant vers les chambres à coucher. Et encore une chose. Je t'interdis de révéler à qui que ce soit l'endroit où je me trouve, quelles qu'en soient les raisons. Je ne veux pas de journalistes ou de fans qui se bousculent à ma porte. Je veux une maison. Tu es le bienvenu ici, tant que tu respectes mes limites. J'ai peut-être eu de la chance de t'avoir comme manager, mais crois-moi, tu as aussi eu de la chance de m'avoir comme artiste.

— Je ne savais pas que tu ressentais tout ça, déclara Howard, la voix chargée de regrets.

— Tu l'aurais su si tu avais pris la peine de m'écouter. Ça fait des mois que je te répète que je ne suis pas heureux et que je veux quitter Los Angeles, mais tu as fait semblant de ne rien entendre.

Wilson savait au fond de son cœur que Howard n'avait pas cherché à être malveillant. Il était si concentré sur le développement de sa carrière, qu'il avait commencé à se prendre pour la star.

— Ma décision est définitive, je m'installe ici, et je ne reviendrais pas. Et quand j'aurai besoin de toi, on travaillera par téléphone.

Howard hocha la tête et laissa échapper un profond soupir.

— Je suppose que je n'ai pas été un très bon ami, hein ?

Wilson ne répondit pas. Le fait qu'il pose la question était suffisant afin que le chanteur comprenne que son ami l'avait enfin entendu. Ils terminèrent de faire le tour de la maison avant de sortir dans le soleil de la fin d'après-midi.

— Pouvons-nous rentrer à l'hôtel maintenant ? J'ai vraiment besoin de passer ces coups de fil.

— Très bien. J'irais faire un tour en ville pendant que tu téléphones. Nous irons manger ensemble au restaurant devant lequel nous sommes passés en arrivant. Je suis d'humeur pour un bon steak à l'ancienne, et puisque c'est le pays du bœuf, j'ai bien l'intention de me régaler. Tu sais quoi ? Je vais même te laisser payer la facture.

Howard éclata de rire et Wilson sortit en passant son bras autour des épaules de son ami.

LE RESTAURANT était bondé lorsqu'ils entrèrent et l'hôtesse avait l'air épuisée.

6

— Je suis désolée. Il vous faudra attendre un moment, dit-elle. Nous avons un grand groupe qui vient d'arriver. Pouvez-vous patienter ? demanda-t-elle aussi agréablement qu'elle le pouvait.

— Il n'y a aucun souci, ma belle, répondit Wilson de sa voix profonde et il vit ses yeux s'écarquiller et ses joues rougir.

Il était habitué à avoir un tel effet sur les femmes, c'était un ingrédient clef de la recette de son succès.

— Je m'appelle Wilson, vous n'aurez qu'à nous prévenir lorsque notre table sera prête.

— Bien sûr, monsieur, dit-elle en laissant son regard s'attarder sur lui comme si elle cherchait à déterminer s'il était quelqu'un de connu.

Wilson fut soulagé de la voir s'éloigner sans rien dire. Il n'avait pas vraiment envie d'être reconnu ou d'être traité comme une bête curieuse. À Los Angeles, lorsque les gens le repéraient, ils s'agglutinaient aussitôt autour de lui en trébuchant pour lui demander quelque chose.

— Tu sais, si tu lui avais dit qui tu étais, nous n'aurions pas eu à attendre, bougonna Howard.

— Ce n'est pas ce que je veux ici, et il n'y a pas de honte à attendre sa table comme tout le monde.

Wilson s'adossa contre le mur. Il aimait regarder les gens, mais c'était quelque chose qu'il avait rarement l'occasion de faire. La porte s'ouvrit et un grand groupe entra.

— Tu as pensé à réserver ? demanda un petit homme séduisant au grand cow-boy derrière lui.

— Bien sûr, Wally répondit patiemment l'homme large d'épaules, avant de se diriger vers l'hôtesse.

Ils échangèrent quelques mots, puis elle conduisit le groupe de six à une table, juste à côté d'eux. Rapidement, Wilson remarqua que le plus petit d'entre eux – Wally – lui jetait des coups d'œil fréquents. Finalement, il se leva et s'approcha de lui.

— Excusez-moi, mais vous êtes bien Willie Meadows, n'est-ce pas ? demanda-t-il discrètement. J'ai tous vos CD, j'adore votre musique.

— Merci, répondit Wilson étonné.

Cela lui arrivait tout le temps, mais il avait rarement été approché de manière aussi polie.

— Est-ce que vous attendez une table ? demanda Wally, les yeux brillants. Si vous souhaitez vous joindre à nous, vous et votre ami êtes les bienvenus. Si nous nous serrons un peu, je pense que nous pouvons faire de la place pour deux personnes. Le restaurant a l'air bondé ce soir, vous risquez d'attendre longtemps.

L'estomac de Wilson grognait depuis déjà des heures, et il savait que Howard était affamé lui aussi.

— Si vous êtes certain que ça ne pose pas de problème… Mais je vous en prie, faites comme si j'étais n'importe qui

— Dakota, appela Wally en se retournant. Ces deux messieurs vont se joindre à nous.

Wilson n'était pas sûr que ce soit une très bonne idée, mais Wally avait l'air gentil et, contrairement à d'autres fans qui l'avaient déjà reconnu, il ne criait pas son nom et ne faisait pas de scène. Qui plus est, si Wilson tenait vraiment à s'installer ici, il allait devoir se faire des amis.

— Je suis Wilson et voici Howard, dit-il en serrant la main de tout le monde.

— Je suis Wally, voici Dakota, Phillip, Haven, David et Mario. C'est un plaisir de vous rencontrer.

Une fois les salutations échangées, tout le monde s'assit.

— C'est un peu une célébration pour nous ce soir, expliqua Wally. Dakota vient de terminer son internat et il s'apprête à ouvrir son propre cabinet médical ici, en ville.

Wally leva sur Dakota un regard fier et brillant d'émotions, et Wilson comprit immédiatement qu'ils étaient en couple. Il sentit Howard se tendre légèrement à côté de lui, mais il l'ignora. En observant le reste de leur tablée, il réalisa qu'ils formaient tous des couples. Wilson savait qu'il était gay depuis déjà longtemps, il n'avait aucun problème avec son homosexualité, mais pour des raisons de carrière, il avait toujours été très prudent. La gloire et le succès ne tenaient souvent qu'à un fil. Il savait que dissimuler cette partie de lui-même était un petit sacrifice nécessaire, pour tout ce à quoi il avait travaillé. Bien qu'il ait passé beaucoup de temps autour de personnes homosexuelles – il vivait à Los Angeles, après tout – sa propre sexualité était un secret bien gardé.

Leur serveuse s'approcha de la table et tout le monde passa commande de boissons. Tout le monde commanda une bière, à l'exception de Howard, qui réclama un martini.

Personne à part Wally ne sembla reconnaître Wilson, et le chanteur lui fut reconnaissant de sa discrétion.

— Alors, qu'est-ce qui vous amène dans notre petite ville ? demanda Dakota, assis à côté de Wally.

— Je viens d'acheter une maison et j'ai décidé d'emménager ici. Elle est située un peu au nord de la ville.

— Vous voulez parler du ranch Henfield ?

À l'expression de surprise et de méfiance sur le visage de Wilson, Dakota s'expliqua aussitôt.

— C'est une petite ville. Il y a plus de bétail que d'habitants et tout le monde a tendance à connaître tout le monde. Avez-vous également racheté les chevaux ? Henfield avait quelques belles bêtes, demanda-t-il avant de prendre une gorgée de sa bière

— Non. Il n'y avait déjà plus d'animaux quand je l'ai achetée. C'est dommage, j'aurais aimé voir le ranch avec des chevaux dans les paddocks.

À la simple idée d'élever ses propres chevaux, le cœur de Wilson s'accéléra.

— Comment allez-vous réhabiliter le ranch ? demanda curieusement Haven.

— Je ne sais pas encore.

Il n'y avait pas vraiment songé. Sa seule priorité avait été de trouver un endroit avec de l'espace, loin de la frénésie et du brouhaha de la ville.

— Je suis tombée sur l'annonce immobilière de ce ranch en faisant des recherches sur internet, et l'idée de vivre ici m'a aussitôt séduit. Je n'ai pas encore fait de projets concrets au-delà de l'achat en lui-même.

Il espérait sincèrement ne pas froisser les gens du coin, ou passer pour un citadin prétentieux en disant ça. Quel genre de personne achetait un ranch sur un coup de tête, sans même savoir ce qu'il allait en faire ? Peut-être que Howard avait raison et que cette idée était une erreur monumentale.

— Avez-vous tout simplement pensé à l'élevage de chevaux ? demanda gentiment Wally. Ce terrain serait parfait pour ça. Madame Henfield a dû cesser son activité après la mort de son mari, c'est la raison pour laquelle elle a vendu, expliqua-t-il.

Wilson hocha la tête, mais ne répondit pas. Dire quelque chose reviendrait à révéler qu'il ne connaissait rien aux chevaux ni à la gestion d'un ranch. Heureusement, alors que les nerfs de Wilson commençaient à être mis à rude épreuve, leur serveuse s'approcha pour prendre leurs commandes. Une fois qu'elle repartit, la conversation dévia sur d'autres sujets. Wilson apprit que Wally, Dakota, Haven et Phillip possédaient un grand ranch, et qu'ils étaient amis et partenaires en affaires depuis plusieurs années. Dan et Mario y travaillaient également en tant qu'ouvriers.

Howard haussa un sourcil en lui lançant un regard, et indiqua les toilettes d'un geste de la tête. Wilson savait ce que son expression voulait dire, il l'avait déjà vue à de nombreuses reprises avant, mais cette fois-ci, il choisit de l'ignorer. Quel que soit ce qui gênait son manager, cela pourrait attendre leur retour à leur hôtel.

— Et vous, que faites-vous dans la vie ? demanda Phillip.

Wilson vit Wally lui donner un coup de coude dans les côtes pour tenter de le faire taire.

— Ne vous inquiétez pas, le rassura-t-il, amusé malgré lui par l'expression indignée de Phillip. Je suis chanteur, dit-il à voix basse, puis il attendit.

Wally l'avait déjà reconnu, et il était presque certain que Dakota aussi.

— Willie Meadows, précisa Wally à voix basse, et Wilson vit les yeux des autres s'écarquiller.

Il se résignait déjà à devoir quitter le restaurant avant de créer un esclandre.

— Wally écoute votre musique tout le temps, dit David. Il a failli nous rendre fous à la sortie de votre dernier album.

Son ton bon enfant, combiné aux regards pleins de bienveillance permit à Wilson de se relaxer.

— Qu'est-ce qui vous amène ici ?

— J'avais besoin de changer d'air, besoin d'espace et de temps pour réfléchir, loin des paillettes superficielles et des parasites qui surveillent tous mes faits et gestes.

Dakota fixa chacun de ses compagnons de table d'un regard lourd de sens, avant de se retourner vers Wilson.

— Si vous voulez la paix, vous pouvez compter sur nous. Personne ne dira rien. Le ranch Holden se situe à quelques kilomètres de chez vous, vous êtes le bienvenu à tout moment.

La serveuse réapparut avec leurs plats et, lorsque la conversation reprit, elle n'était plus focalisée sur le chanteur. Au lieu de cela, ils parlèrent de bovins, de chevaux, du prix des aliments et du foin. Pour la première fois depuis près de dix ans, Wilson se sentit comme une personne ordinaire. Il n'y avait pas de mot pour décrire son soulagement.

Une fois le dîner terminé, chaque couple régla son addition, ce qui étonna profondément Wilson. Il avait tellement l'habitude de payer pour tous ceux qui l'accompagnaient qu'il fut presque choqué de ne se retrouver qu'avec une note de cinquante petits dollars. Il était incapable de se souvenir de la dernière fois où il avait eu à régler une facture aussi peu élevée, et où la nourriture et la compagnie avaient été aussi agréables. Une fois sorti du restaurant, il prit le temps de serrer la main de chacun avec sincérité.

— C'était un véritable plaisir de faire votre connaissance à tous, dit-il chaleureusement.

— Ma proposition tient toujours, répondit Dakota, si vous avez besoin de quoi que ce soit, vous n'avez qu'à nous appeler.

Il lui donna son numéro de téléphone, serra fermement sa main et chacun regagna son pick-up. Wilson marcha jusqu'à sa Lexus de location, l'air songeur.

— J'ai passé un très bon moment, dit-il en prenant place dans le siège passager, à côté de Howard.

— Ces gens ne se sont intéressés à toi que parce qu'ils t'ont reconnu, le prévint Howard.

À Los Angeles, les gens devaient passer par Howard pour entrer en contact avec lui. Son manager avait l'habitude de devoir jouer aux anges gardiens, il prenait même ce rôle très au sérieux.

— Je ne crois pas. La plupart d'entre eux n'avaient aucune idée de qui j'étais, et une fois qu'ils l'ont su, ils n'y ont pratiquement pas prêté attention.

11

Wilson sourit en songeant que c'était peut-être ça avoir des amis, de véritables amis. Il se tourna sur son siège pour regarder Howard.

— Tu réalises que je n'ai pas eu ce qu'on pourrait appeler une véritable histoire d'amitié depuis des années ? demanda-t-il, la voix nouée par la tristesse.

— Je sais, je ne cherche pas à t'empêcher de te faire des amis, répondit aussitôt Howard. Je veux juste que tu te protèges et que tu restes prudent. Tu te souviens de Calvin ?

Wilson haussa les épaules en tentant d'ignorer le sentiment d'humiliation qui menaçait de le submerger à ce souvenir.

— Je m'en souviens, murmura-t-il.

Il s'en souvenait trop bien.

— Je suis inquiet, c'est tout. C'est peut-être une petite ville au milieu de nulle part, mais les nouvelles vont vite dans ce genre de communauté, et tu as déjà manqué ruiner ta carrière en faisant trop confiance aux gens. N'oublie pas que c'est la campagne, mieux vaut rester sur tes gardes et faire profil bas.

Les mots de Howard n'étaient pas tendres, et Wilson savait pertinemment à quoi il faisait référence.

Ils arrivèrent à l'hôtel et le chanteur sortit de la voiture sans un mot. Il se rendit directement dans sa chambre. Une fois la porte fermée à clef, il ouvrit son sac et sortit une bouteille de whisky. Depuis quelque temps, il semblait toujours en avoir une à portée de main. Il se servit un verre dans l'un des gobelets en plastique de la salle de bain de l'hôtel, et l'avala d'un trait. La chaleur de l'alcool, aussi illusoire que ces ridicules vêtements, glissa le long de sa gorge, et se roula en boule dans son estomac, comme un démon réconfortant. Il savait que l'alcool ne ferait disparaître la solitude que pour quelques instants. Il envisagea d'en boire plus, mais referma la bouteille et la fixa pendant un moment, avant de l'ouvrir à nouveau et d'en verser tout le contenu dans le lavabo. Il était temps de procéder à quelques changements. Il jeta le gobelet à la poubelle. Il était sur le point d'aller se coucher lorsque quelqu'un frappa à la porte. Sans attendre son autorisation, Howard entra dans la pièce, son téléphone collé à l'oreille.

Wilson se souvint de ne plus donner la clef de sa chambre à son manager.

WILSON SAVAIT que Howard dormirait jusque tard dans la matinée, alors il se leva, se doucha et s'habilla. Après avoir laissé une note à son manager, il prit la voiture et retourna au ranch. Il voulait explorer les alentours sans avoir à supporter les commentaires de Howard. Lorsqu'il se gara devant la maison, Wilson fut surpris de voir un vieux pick-up garé dans la cour, près de la grange. Alors qu'il arrêtait la voiture, il vit quelqu'un sortir du bâtiment.

— Bonjour, le salua l'homme en s'avançant vers la voiture.

Wilson vit qu'il n'avait pas plus d'une vingtaine d'années. Il était maigre comme un échalas, mais arborait une expression sérieuse qu'il trouva attachante.

— Est-ce que vous savez ce qui s'est passé ? demanda-t-il en montrant le ranch autour de lui. Je devais venir me présenter ici pour un emploi, mais tout est vide.

Il avait l'air dévasté.

— Je suis le nouveau propriétaire, expliqua Wilson à travers la vitre ouverte de sa voiture.

— Qu'est-il arrivé à Madame Henfield ? demanda le jeune homme, en se dandinant maladroitement d'un pied sur l'autre. Elle m'a écrit il y a plusieurs mois pour me proposer de dresser ses chevaux. Je me suis blessé et je lui ai dit que j'avais besoin de temps pour guérir, et elle m'a dit de venir dès que j'irais mieux.

Il ne semblait pas avoir pris le temps de se soigner correctement. Il avait les traits tirés, le visage émacié. Wilson ne put s'empêcher de remarquer que le bout de sa ceinture pendait également un peu trop, comme s'il avait dû improviser une nouvelle encoche sur le cuir pour qu'elle le serre plus.

— Je suis désolé, mais son mari est mort et elle a vendu le ranch, expliqua-t-il.

Abattu par la nouvelle, le gamin se retourna pour se diriger vers son vieux pick-up. Il s'installa sur le siège conducteur avec des gestes mécaniques, mais ne fit aucun geste pour démarrer le moteur. Au lieu de cela, il se pencha vers l'avant, et posa sa tête sur le volant en fermant les yeux. Wilson sortit de son véhicule pour le rejoindre. Lorsqu'il arriva à sa hauteur, le jeune homme n'avait pas bougé. On aurait presque dit qu'il dormait, sauf qu'en y regardant de plus près, il le vit trembler.

Wilson tapa doucement sur la vitre et le gamin releva sa tête. L'intensité des émotions lisibles dans son regard sombre prit Wilson de court.

— Est-ce que tout va bien ? demanda-t-il.

— J'avais vraiment besoin de ce travail, répondit le jeune homme, la voix tremblante. Je n'ai pas d'argent pour faire le plein et chercher du travail ailleurs. Je n'ai même pas d'argent pour manger. Je suis désolé. Je ne sais pas pourquoi je vous dis tout ça, ce n'est pas votre problème.

Le gamin s'essuya le visage et démarra le moteur.

Wilson fit un pas en arrière, et le regarda s'éloigner. Il sortit du chemin pour s'engager sur la route en accélérant, avant de pétarader à plusieurs reprises. Il vit le gamin amener le pick-up sur le bas-côté, puis le moteur se coupa brusquement. Wilson soupira et se dirigea vers son propre véhicule. Il remonta l'allée qui conduisait au ranch, et s'arrêta derrière le pick-up du gamin. Il sortit et se dirigea vers la portière, côté conducteur. Le jeune homme était de nouveau affaissé sur le volant. Cette fois-ci, Wilson ouvrit la porte. Le crissement du métal était presque assourdissant. Ce pick-up était une véritable poubelle, c'était un miracle qu'il tienne sur ses quatre roues.

— Allez, venez avec moi. Je m'apprêtais à descendre en ville.

Il était hors de question qu'il abandonne le gamin seul sur le bord de la route. Lorsqu'il ne bougea pas, Wilson lui tendit la main.

— Tout va bien.

— Non, rien ne va bien, répondit le jeune homme en sortant du pick-up, les gestes lents, le regard vide.

Le chanteur se demanda depuis quand au juste, il n'avait pas mangé ni dormi d'ailleurs.

— Montez dans la voiture, l'encouragea Wilson en refermant la portière du vieux tacot derrière lui.

Le jeune homme contourna le véhicule, et attrapa un vieux sac informe à l'arrière du pick-up. Il le souleva et faillit tomber sous le faible poids. Wilson ouvrit son coffre et le laissa poser son sac à l'intérieur.

— Je suis vraiment désolé, monsieur, dit-il, le regard rivé sur le sol.

— Ne soyez pas désolé, le rassura Wilson.

Il savait par quoi le gamin était en train de passer. Il ne s'était jamais retrouvé coincé seul au bord de la route, perdu au milieu de nulle part, mais il s'était retrouvé abandonné à Los Angeles, ce qui, de bien des manières, était même peut-être pire.

— Je m'appelle Wilson au fait, dit-il en souriant.

— Steve, répondit le jeune homme en s'installant, mal à l'aise au bord du siège passager, le plus loin possible de Wilson.

— Je ne vais pas vous faire de mal, je vous le promets.

Le regard hanté dans les yeux du jeune homme en disait long. Quelque chose d'horrible lui était arrivé, et il vivait emprisonné par la peur. Wilson mit la voiture en marche, et reprit la route en direction du centre-ville. Lorsqu'il se gara dans le parking de l'hôtel, Steve devint vraiment nerveux, et le chanteur crut un instant qu'il allait sauter hors de la voiture.

— C'est là que je suis momentanément installé, expliqua-t-il patiemment. Je dois m'assurer que mon ami est debout et nous irons manger quelque part.

Wilson sortit de la voiture en prenant les clefs avec lui, juste par précaution, puis il frappa à la porte de Howard.

— Je me demandais où tu étais. Je meurs de faim, déclara Howard en sortant à la hâte et en se dirigeant automatiquement vers la voiture.

Il s'arrêta lorsqu'il vit que le siège avant était déjà occupé.

— Qu'est-ce que… ? commença-t-il en lançant à Wilson un regard confus. Tu… Tu as ramassé un gamin ? siffla-t-il entre ses dents.

— Je t'arrête tout de suite, rétorqua sèchement Wilson. Souviens-toi de notre conversation d'hier. Tu travailles pour moi, et rien de plus. Je n'ai pas à me justifier auprès de toi.

Wilson le dévisagea longuement, s'assurant qu'il avait bien reçu le message. Howard lui rendit un regard blessé et inquiet.

— Tu as ramassé un gamin ? répéta-t-il sur un ton beaucoup plus diplomate. À quoi pensais-tu ? Il aurait pu te voler. Ou pire !

Wilson se mit à rire en observant la silhouette efflanquée de Steve, assis dans la voiture.

— Il n'a probablement rien mangé depuis plusieurs jours et je ne pense pas qu'il se sente très bien. Madame Henfield lui a offert un travail il y a quelque temps, et il est arrivé aujourd'hui pour trouver le ranch vide.

Howard avait l'air sceptique.

— Son vieux pick-up est tombé en panne d'essence au bout de l'allée et il n'a pas d'argent pour aller ailleurs. Je ne pouvais pas le laisser là.

Il porta de nouveau son regard vers la voiture, presque machinalement, comme s'il ne pouvait pas s'en empêcher. Le jeune homme n'avait pourtant rien de remarquable, surtout comparé aux canons de beauté blonds et bronzés de Californie, mais il y avait chez Steve quelque chose de vulnérable et d'authentique. Wilson secoua légèrement la tête, repoussant ces pensées de son esprit. Le jeune homme avait besoin d'une aide, rien de plus. Il allait simplement s'assurer qu'il allait bien, puis il le renverrait chez lui.

— Allons chercher quelque chose à manger. Steve va nous accompagner, et après ça nous trouverons un moyen de ramener son pick-up en ville. Ensuite, tu pourras retourner à Los Angeles et t'occuper de ce dont nous avons parlé.

Howard reprit son air sceptique. Wilson lui aurait bien dit le fond de sa pensée, mais Steve ouvrit la portière de la voiture et sortit. Il la referma et resta à côté, les yeux baissés, l'air terrifié. Il n'en fallut pas davantage à Howard pour abandonner le combat.

— Ça te dit d'aller manger un bout ? demanda gentiment Wilson, son instinct protecteur le faisant presque naturellement passer au tutoiement.

Steve releva timidement la tête et acquiesça.

— Je vais prendre mes affaires dans le coffre, dit-il en faisant quelques pas vers l'arrière de la voiture, avant que ses jambes vacillent.

Il se stabilisa et Wilson s'avança instinctivement vers lui.

— Tout va bien, je te tiens.

Il prit le bras de Steve pour le soutenir.

— Il faut que tu manges quelque chose, nous reviendrons chercher ton sac juste après, c'est promis.

Steve tourna son visage vers lui, ses grands yeux rencontrant les siens avec une lueur de gratitude et de soulagement. Le chanteur ne put s'empêcher de lui sourire.

Howard lui lança un coup d'œil, puis lui fit signe de reprendre le siège avant, et monta à l'arrière sans faire de commentaire. Wilson prit le volant, et les conduisit rapidement à un petit restaurant qu'il avait remarqué la veille.

En entrant dans la foule bruyante du restaurant, il garda un œil inquiet sur Steve. Des serveurs passaient de table en table, criant bruyamment les commandes à la cuisine. C'était un restaurant américain traditionnel, probablement pas de la première jeunesse, mais les odeurs de nourritures étaient prometteuses.

— Pour trois personnes, indiqua Wilson lorsqu'une serveuse s'approcha d'eux, et elle leur indiqua une table non loin de l'entrée.

— Quelqu'un va venir prendre votre commande, dit-elle avant d'attraper la verseuse pleine à ras bord d'une cafetière à proximité et de se hâter vers d'autres clients.

Wilson s'installa sur une banquette, et Howard sur celle de l'autre côté de la table. Steve les regarda tous les deux, puis s'assit à côté du chanteur avant de le regarder d'un air interrogateur.

— Commande ce que tu veux, l'encouragea-t-il, et Steve ouvrit le menu.

La serveuse revint rapidement. Wilson commanda une salade de fruits et des toasts. Howard commanda un petit déjeuner complet, et Steve hésita quelques instants en questionnant Wilson du regard, avant de commander le repas le plus grand du menu, avec quelques pancakes en plus. Cela confirma les soupçons de Wilson, et lorsque la nourriture arriva, Steve se jeta sur son assiette comme un homme affamé.

— Dis-moi Steve, que comptes-tu faire exactement maintenant que cette opportunité professionnelle est tombée à l'eau ? demanda Howard, et Wilson lui jeta un coup d'œil furieux que son manager ignora.

— Je ne sais pas, répondit le jeune homme, la bouche pleine. Je dresse des chevaux. C'était pour ça que Madame Henfield m'avait engagé. Je comptais vraiment sur ce travail.

La tristesse et le désespoir contenus dans sa voix brisèrent le cœur de Wilson. Il savait que ce n'était pas sa faute, mais il ne put s'empêcher de ressentir une pointe de culpabilité, parce que c'était lui qui avait acheté le ranch. Steve replongea le nez dans son assiette.

— Qu'allez-vous faire du ranch ? Est-ce que vous allez élever des chevaux aussi ? Parce que je pourrais vous aider, offrit Steve.

17

— Il va seulement vivre sur le ranch, expliqua Howard avant même que Wilson puisse répondre. Je doute fortement que Willie... Wilson se lance dans l'élevage de chevaux.

— Je n'ai pas encore décidé ce que j'allais faire, corrigea le chanteur, d'un ton sans doute un peu agressif, mais qui eut l'effet escompté : Howard n'ouvrit plus la bouche du déjeuner.

Wilson ne savait pas où était le problème de son manager, mais il était déçu de son attitude. Ils mangèrent tranquillement, et Howard et lui échangèrent quelques regards tendus. Steve sembla ne pas le remarquer et continua à se régaler sans poser de question. Les rares fois où il leva les yeux, Wilson surprit cette lueur inquiète qu'il avait déjà repérée.

Une fois le déjeuner terminé, Wilson régla l'addition et ils se dirigèrent vers la voiture. Ils s'arrêtèrent à une station-service et après avoir rempli un bidon d'essence, ils revinrent au ranch.

Wilson versa le bidon dans le réservoir du pick-up de Steve et il redémarra.

— Voilà qui devrait te permettre de rouler pendant un petit moment.

— Merci, lui dit Steve et, après avoir récupéré son sac dans le coffre, il le replaça à l'arrière de son véhicule.

Wilson le regarda entrer dans le pick-up, s'engager sur la route, et disparaître à l'horizon.

— Pouvons-nous y aller maintenant ? Je dois retourner à Los Angeles.

Howard semblait énervé. Wilson hocha distraitement la tête, jeta un dernier coup d'œil à sa nouvelle maison, et les ramena en ville.

# II

STEVE NE conduisait pas vite. De toute façon avec son pick-up, il ne pouvait pas vraiment faire d'excès de vitesse. Il n'avait pas d'endroit où aller ni personne pour lui venir en aide. Il était seul et il fallait qu'il trouve un endroit où dormir. Wilson s'était montré gentil avec lui, et il lui en était reconnaissant, vraiment, mais il était également désespéré et il n'avait aucun autre endroit où aller pour l'instant. Alors, après une dizaine de kilomètres, il se gara sur le bas-côté et attendit que la voiture de Wilson le dépasse. Il avait entendu les deux hommes parler dans le restaurant et il savait qu'ils devaient rentrer à Los Angeles. Une fois qu'ils furent passés, il retourna au ranch et se gara de l'autre côté de la grange afin que personne ne puisse voir son pick-up. Il prit son sac avec lui et entra dans le bâtiment. Il n'allait pas entrer dans la maison de Wilson. Il espérait simplement que cela ne le dérangerait pas trop s'il restait quelques jours dans la grange.

Il avait mangé, mais il était épuisé et il avait besoin de retrouver un peu de forces. Il était parti dans la précipitation, trop pressé d'arriver et de commencer son nouveau travail. Dommage que cela se soit avéré être un échec aussi. Steve avait parfois l'impression que sa vie n'était faite que d'échecs et de déceptions. Heureusement, pour lui cette fois-ci, il était bien trop fatigué pour ruminer.

Lorsqu'il était venu ce matin, il avait repéré que les stalles étaient propres et vides, comme la majorité du reste de la grange d'ailleurs. Dans l'un des petits box, il trouva quelques vieux tapis de selle. Il les étendit sur le sol, afin de l'isoler du béton. Il déroula les couvertures qu'il avait utilisées lorsqu'il avait dormi à l'arrière de son pick-up et utilisa quelques vêtements de rechange en guise d'oreiller. Il se coucha sur son lit de fortune et ferma les yeux. Son corps était si fatigué que Steve s'endormît presque instantanément. Il dormait si profondément qu'il lui fallut plusieurs minutes pour réaliser que quelqu'un lui secouait l'épaule. Déboussolé, il se força à ouvrir les yeux.

— Steve, qu'est-ce que tu fais là ?

Steve releva la tête et se retrouva face à Wilson.

— Je… commença-t-il à répondre, mais ne put aller plus loin.

Tout ce qui lui était arrivé remonta brusquement à la surface et il tourna son visage dans les vêtements qu'il utilisait comme oreiller. Il essaya d'arrêter les larmes, mais rien n'y fit.

— Hé, ça va aller, dit doucement Wilson, mais Steve l'entendit à peine.

Il sentit la main de l'autre homme sur son dos et tressaillit légèrement, s'éloignant alors qu'il tentait de se reprendre.

— Je n'avais nulle part où aller, répondit-il lorsqu'il retrouva l'usage de sa voix. Je suis désolé.

Il se leva et commença à rassembler ses affaires.

— Je croyais que vous étiez parti.

Il fallait qu'il s'en aille le plus vite possible, avant que Wilson ne se mette en colère contre lui. Non pas qu'il puisse l'en blâmer, il aurait tous les droits d'être exaspéré par sa présence, il pourrait même appeler la police. Quelque part, Steve espérait presque qu'il le ferait. Au moins en prison, il aurait un toit sur la tête. Il sentit de nouvelles larmes couler sur ses joues, écrasé par le désespoir.

— Howard devait rentrer. Je reste ici quelques jours de plus pour finaliser les derniers détails de l'achat du ranch.

Steve s'attendait à être frappé. C'était ce que son père avait toujours fait lorsqu'il était en colère.

— Je ne vais pas te faire de mal, mais je pense que tu me dois quelques explications. Je t'ai porté secours et tu es entré illégalement sur ma propriété. Qu'est-ce que tu comptais faire ? Vivre caché dans ma grange ?

— Oui, répondit Steve honnêtement. Je n'ai pas d'endroit où aller et c'est chaud et sec ici.

Sans argent avec l'état dans lequel était son pick-up, il n'avait tout simplement pas eu d'autre solution.

— Et comment comptais-tu te nourrir ? demanda Wilson.

Steve haussa les épaules. Il n'avait pas encore pensé à cela.

— Viens avec moi, l'invita Wilson en se relevant.

Steve rassembla ses affaires et le suivit à l'extérieur. Un nouveau pick-up rutilant était garé devant la maison et le jeune homme le regarda étrangement.

— Où est votre voiture ? demanda-t-il en serrant son sac contre lui lorsque Wilson essaya de le lui prendre.

— C'était une location. Howard l'a ramenée à l'aéroport. Je me suis dit que j'aurais sans doute besoin d'un pick-up ici, alors j'en ai acheté un.

Steve ne put s'empêcher de siffler. Wilson devait être riche s'il pouvait se permettre d'acheter un pick-up sur un simple coup de tête.

— Je t'ai promis que je ne te ferai aucun mal, et je le pensais.

Steve vit qu'il lui tendait toujours la main. Il capitula, et lui donna son sac de sport. Wilson le posa à l'arrière du pick-up.

— Monte, je te ramène en ville.

Steve n'avait pas vraiment d'autre choix, il grimpa donc dans le pick-up, accrocha sa ceinture de sécurité et il croisa les bras, se renfermant sur lui-même, dans un endroit où il ne pouvait pas être blessé. Il entendit l'autre porte s'ouvrir et se refermer, puis l'engin démarrer et il sentit qu'ils s'éloignaient du ranch.

Le paysage défila devant eux et Steve resta silencieusement assis, trop effrayé pour oser poser des questions. Il s'attendait à être déposé au bureau du shérif.

Il était si nerveux qu'il peinait à rester en place. Il n'avait aucune idée de ce qui allait lui arriver. Lorsque Wilson traversa la ville, le jeune homme regarda chaque bâtiment devant lequel ils passaient. Il ne savait pas où se trouvait le bureau du shérif, mais il ne devait plus être très loin. Wilson tourna sur un parking et Steve regarda par la fenêtre. Il reconnut aussitôt l'hôtel où ils étaient venus chercher Howard dans la matinée. Steve leva les yeux dans la direction de Wilson, l'air résolu. Il aurait dû s'en douter. L'homme se gara et sortit du pick-up. Steve le suivit, pressé d'en finir. Ils traversèrent le lobby, puis un long couloir, pour s'arrêter enfin devant une chambre. Wilson la déverrouilla avec une carte magnétique, et Steve entra. C'était une grande pièce très lumineuse, avec un seul lit deux places. Les rideaux étaient déjà tirés, et Steve songea que ce n'était pas la pire chose qu'il ait faite pour survivre. Il ôta sa chemise, et commença à défaire sa ceinture, lorsque Wilson se tourna vers lui.

— Mais enfin, qu'est-ce que tu fais ? demanda-t-il.

— Je croyais que… balbutia Steve, puis il ferma ses yeux, mortifié.

Il était vraiment stupide. Immédiatement, il essaya de se couvrir et se pencha pour attraper sa chemise.

— Ce que je veux, c'est que tu m'expliques comment tu en es arrivé là. Après ça, je te laisserais te reposer. Tu es manifestement épuisé, et à en juger par la vitesse à laquelle tu as englouti ton petit déjeuner, je présume que tu n'avais pas mangé depuis trop longtemps.

Wilson s'assit sur le bord le plus éloigné du lit, dos au jeune homme pour lui offrir un semblant d'intimité, et Steve remit sa chemise.

— Est-ce que tu veux bien m'expliquer ce qui t'est arrivé ? demanda le chanteur et le jeune homme secoua la tête. Es-tu recherché par la police ?

— Non, répondit doucement Steve. Je ne suis pas un fugitif.

C'était déjà ça. Il espérait que Wilson n'allait pas le presser pour le faire parler de son passé. C'était encore trop frais, trop difficile pour lui. Un jour peut-être, il serait capable de parler de tout ça, mais pas pour l'instant. La douleur et la souffrance étaient encore trop proches de la surface, et s'il essayait de les mettre en mots, il ne pourrait jamais se contrôler. Et puis, aussi gentil soit-il, Wilson n'était qu'un inconnu. Steve se voyait mal lui raconter sa vie.

— Puis-je au moins connaître ton nom de famille ? demanda-t-il dans un petit sourire.

— Peterson, répondit Steve avec honnêteté.

Il méritait au moins de savoir cela. Il s'était montré généreux avec lui jusqu'à présent, mais Steve se demanda combien de temps cela allait durer.

— Écoute, Steve, ton passé, c'est ton affaire. Je ne peux pas te forcer à m'en parler, déclara-t-il calmement et le jeune homme poussa un petit soupir de soulagement. Repose-toi un peu, d'accord ? Personne ne te fera de mal, et personne n'essaiera de profiter de toi.

Le regard de Wilson était confiant et déterminé, et pour une raison étrange, cela le réconforta. Le chanteur se leva et tira les couvertures du lit. Les draps et la couette l'appelaient, tel le chant d'une sirène. Il ne savait pas au juste combien de temps il avait dormi dans la grange, mais tout son corps lui criait qu'il avait besoin de repos. Il retira ses chaussures, s'allongea et, Wilson éteignit toutes les lumières, sauf la petite lampe de chevet, près de la chaise. Le jeune homme ferma les yeux, s'enfonçant dans la literie souple qui l'entourait et il se sentit relativement en sécurité.

Wilson se déplaça pendant quelques secondes et après cela, Steve n'entendit plus que le bruissement occasionnel d'une page de livre qui était tournée et le doux bourdonnement de la climatisation. Steve se sentait en sécurité. Il rouvrit brièvement les yeux, et croisa le regard de Wilson, qui lui sourit avant de retourner à son livre. Il ferma les paupières en gardant l'image rassurante de ce sourire, et s'endormit.

Lorsqu'il se réveilla, la chambre était plongée dans le noir et il était seul. Steve s'assit dans le lit et regarda autour de lui. La seule preuve qu'il restait de la présence de Wilson était sa valise, posée sur le banc, et son livre, posé à cheval sur le bras du fauteuil. Toutes les lumières étaient éteintes, mais quelques timides rayons de soleil filtraient par l'interstice des rideaux fermés, lui indiquant qu'il n'avait pas dû dormir trop longtemps. Il repoussa les couvertures, sortit du lit et prit le temps de s'étirer. Il ne s'était pas senti aussi reposé depuis très longtemps. Il alluma, trouva un bloc-notes et un stylo dans l'un des tiroirs du bureau, et s'assit pour écrire un mot à l'attention de Wilson. Il eut à peine le temps de griffonner deux mots, lorsque la porte s'ouvrit.

L'homme entra dans la chambre avec deux sacs contenant de la nourriture, une bouteille sous le bras.

— J'espère que tu te sens mieux.

— Oui, je vous remercie, répondit Steve en baissant les yeux sur la note qu'il avait écrite.

Wilson se dirigea vers le bureau et y déposa les sacs qu'il portait. Le jeune homme essaya de cacher sa feuille de papier, mais il ne fut pas assez rapide.

— Tu comptais t'en aller ? demanda Wilson en reposant la note sur le bureau.

Steve hocha lentement la tête.

— Vous vous êtes déjà montré si généreux, j'ai pensé que ce serait mieux que je vous laisse tranquille. J'apprécie ce que vous avez fait pour m'aider, mais vous n'avez pas besoin de vous occuper de moi.

L'intensité du regard de Wilson mit Steve mal à l'aise. Il craignait de savoir ce que signifiait ce regard : qu'il était temps qu'il paie pour toute cette gentillesse.

— Et si tu me laissais décider ce dont j'ai besoin ? suggéra Wilson en haussant un sourcil.

Il tendit l'un des sacs de nourriture au jeune homme.

— Je ne savais pas ce qui te ferait plaisir, alors j'ai pris un peu de tout.

Il s'assit sur l'une des chaises autour de la table près de la fenêtre, et ouvrit son sachet.

Steve s'approcha, perplexe et méfiant. Wilson était si gentil avec lui. Chaque fois qu'il pensait savoir ce qu'il attendait de lui, il était surpris.

— Assieds-toi, l'invita Wilson entre deux frites. J'ai l'impression que nous ne sommes pas partis du bon pied, laisse-moi éclaircir deux ou trois choses.

Le ton de sa voix était ferme et sans appel. Steve sentit la peur le gagner malgré lui, mais il tira l'autre chaise et s'assit en face de Wilson.

— Ton passé, c'est ton passé, je respecte ça et je ne vais pas fouiller dedans. Si tu me dis que tu n'es pas un fugitif et que tu n'as rien fait de mal, alors je te crois et tu n'as pas besoin de t'expliquer. Sauf si tu as envie de parler, bien sûr. Mais il faut que tu comprennes quelque chose de très important Steve ; je vais t'aider parce que j'en ai envie, pas parce que j'attends quelque chose en retour, d'accord ?

Wilson sourit, et Steve fut heurté par la réalisation soudaine qu'il était sans doute l'homme le plus séduisant qu'il avait vu de sa vie. Il était évident que l'idée de coucher avec quelqu'un comme moyen de paiement ne lui plaisait pas, mais une petite partie de lui aurait presque voulu que Wilson accepte. Il était tellement gentil. Il y avait très longtemps que personne n'avait fait preuve d'autant de gentillesse envers Steve.

— D'accord, acquiesça-t-il. Je suis désolé.

Steve sortit un sandwich enveloppé de papier de son sachet. Il se moquait de savoir à quoi il était : il avait tellement faim qu'il était tenté de manger le papier avec.

— Ne sois pas désolé. Tu traverses une période difficile.

Ils mangèrent en silence, mais Steve sentit le regard inquisiteur de Wilson posé sur lui. Lorsqu'il avait refusé son offre, dans un premier temps Steve avait pensé que c'était peut-être parce qu'il n'était pas gay, mais un homme hétéro ne le regarderait pas de cette façon.

— Voilà ce que je te propose : même si je ne sais pas encore ce que je vais faire du ranch, je vais avoir besoin de quelqu'un pour m'aider à le maintenir. Je sais que tu es dresseur de chevaux, et je n'en ai pas pour l'instant, mais quand je rentrerai, peut-être que nous pourrions réexaminer cette possibilité.

Steve posa son sandwich, bouche bée. Il n'en croyait pas ses oreilles.

— Vous m'offrez un travail après ce que j'ai fait ?

— Comment ça, après ce que tu as fait ? Tu veux dire dormir dans la grange parce que tu n'avais pas d'autre endroit où aller ? C'est loin d'être un crime, Steve. Madame Henfield était prête à t'engager, elle savait ce qu'elle faisait et je m'en remets à son jugement. Si ça t'intéresse, je t'embauche pour m'aider à gérer le ranch jusqu'à ce que je décide ce que je veux en faire. Après ça, tu pourras décider si tu veux rester ou non.

Steve continua de le regarder, incrédule.

— Vous êtes sérieux ? Vous m'offrez un emploi ?

Il ravala l'énorme boule coincée dans sa gorge et détourna le regard. Il ne voulait pas que Wilson le voie pleurer. C'était déjà arrivé une fois, dans un moment de faiblesse, et il n'avait pas l'intention que cela se reproduise.

— Et vous n'attendez rien d'autre de moi ?

— À part du bon travail, clarifia Wilson, mais Steve perçut une hésitation dans sa voix, comme s'il voulait ajouter quelque chose, mais qu'il luttait contre lui-même pour ne rien dire. Je te propose que l'on se mette d'accord sur le montant de ton salaire, et comme je dois retourner en Californie dans quelques jours, nous t'aménagerons une pièce dans la maison afin que tu puisses rester sur le ranch en mon absence. Je m'assurerais que tu as tout ce qu'il te faut pour vivre correctement, et à mon retour, nous discuterons des détails.

Steve dévora le reste de son sandwich en l'écoutant attentivement. Sa maman aurait probablement été consternée, elle le reprenait toujours sur ses manières, mais il avait tellement faim qu'il ne pouvait pas s'en empêcher.

— Vous voulez que je vous aide à décider quoi faire du ranch ? demanda Steve. Il est parfait pour élever et entraîner des chevaux. Il y a déjà des stalles, des manèges et une belle grange. Même les pâturages et les enclos sont parfaits pour les chevaux.

Steve s'interrompit brusquement. Ce n'était pas poli. Wilson avait peut-être une autre idée en tête. Après tout, le ranch était à lui. Une chose était sure, Steve ferait de son mieux pour en prendre soin durant son absence.

Wilson éclata de rire.

— Je suppose qu'il est idéal pour l'élevage de chevaux, en effet. J'ai rencontré des gens en ville l'autre jour, ils ont un ranch juste à côté. Je me disais que nous pourrions passer pour te présenter. Ils connaissent très bien la région, cela te permettra d'avoir quelqu'un à appeler si tu as le moindre problème.

Steve hocha la tête et continua à manger. Il semblait que Wilson ait pensé à tout. Il peinait presque à croire en sa chance. Il était difficile d'imaginer qu'un parfait inconnu pouvait se montrer aussi généreux. Steve avait toujours su qu'il devait y avoir des gens bien, sur la planète, mais jusqu'ici, il n'avait pas encore eu la chance d'en rencontrer. Peut-être que la roue avait enfin tourné. Il voulait tellement y croire.

— Pour l'instant, vous voulez simplement que je m'occupe de la maison et de la grange jusqu'à votre retour ?

Steve voulait s'assurer qu'il avait bien compris.

— Exactement. Je ne serai pas parti longtemps, déclara Wilson et le jeune homme acquiesça, soulagé d'avoir trouvé un emploi et un endroit pour vivre.

Du moins jusqu'à ce que son nouvel employeur découvre ce qu'il avait fait. Il n'avait pas menti en promettant ne pas être un criminel en cavale, mais il n'avait pas vraiment tout révélé non plus.

— Finis ton sandwich, il faut que nous retournions au ranch sans trop tarder.

Steve avala sa dernière bouchée à la hâte. Reposé et le ventre plein, il se sentait plus vivant que jamais. Il ramassa les papiers et les jeta à la poubelle. Wilson prit son sac et le lui tendit, avant de se diriger vers la porte. Il la referma derrière eux et ils se rendirent sur le parking afin de rejoindre le nouveau pick-up.

LEUR PREMIER arrêt fut à une vieille quincaillerie où Wilson acheta quelques fournitures basiques pour la cuisine. Steve dissimula un sourire amusé. Wilson semblait n'avoir aucune idée de ce qu'il fallait faire, et chaque fois que Steve attardait son regard sur un article, il se contentait de l'ajouter à la pile sans poser de question. Ce qui l'étonna le plus fut lorsqu'il eut le malheur de regarder avec trop d'insistance une gigantesque machine à expresso de luxe. Wilson l'ajouta machinalement à leur chariot sans l'ombre d'une hésitation. Steve profita d'une seconde d'inattention pour la reposer en rayon. Après la quincaillerie, ils trouvèrent une solderie avec du linge de maison, et Wilson acheta des draps, des oreillers et des couettes en quantités démesurées.

— Je sais bien que ça ne remplacera pas un matelas, mais en attendant d'en acheter un, ça devrait tout de même être plus confortable que le sol de la grange. Les meubles devraient être livrés pour mon retour, expliqua-t-il, et Steve lui sourit.

— Merci, dit-il d'une voix sincère.

À ce stade, peu lui importait d'avoir un matelas ou non : il avait déjà un emploi et un endroit pour dormir. Leur dernier arrêt fut pour l'épicerie et Wilson acheta assez de nourriture pour une armée. Une fois terminé, l'arrière du pick-up était complètement rempli et ils rentrèrent au ranch.

Wilson déverrouilla la porte et indiqua à Steve d'entrer. Lorsqu'ils arrivèrent à la cuisine, le jeune homme vit que la porte du réfrigérateur était ouverte. Il tourna autour jusqu'à ce qu'il trouve la prise et il le brancha. Le moteur commençant à bourdonner. Puis il alla chercher les sacs de nourriture et se mit à les ranger dans les différents placards. Il songea à sa mère, à la façon dont elle aimait que chaque chose soit rangée à sa place. Il lui fallut un certain temps pour tout agencer comme elle l'aurait fait : les ustensiles à droite de la cuisinière, puis les couverts, dans le tiroir sur le côté, ensuite les bols, les saladiers et les casseroles dans les placards en dessous. Sa mère lui manquait tellement. Elle était la seule personne qu'il regrettait depuis qu'il avait quitté la maison, chaque fois qu'il pensait à elle, son cœur se serrait.

Le bruit des pas de Wilson le ramena au présent.

— J'ai posé tout le reste dans l'une des chambres. Je sais que ce n'est pas grand-chose, mais ça devrait te permettre de tenir jusqu'à mon retour.

Steve referma la porte du placard et se tourna pour faire face à Wilson. Leurs yeux se rencontrèrent et Steve sentit son cœur s'accélérer. Il se lécha nerveusement les lèvres et, lentement, il s'avança. Wilson ne bougea pas, ne détourna pas le regard.

— Merci pour tout, déclara-t-il doucement, comme en état de transe.

Les yeux de Wilson étaient si bleus, et ses lèvres avaient l'air si douces. Steve fit un autre petit pas en avant et Wilson ne recula toujours pas. En cet instant, le jeune homme aurait donné n'importe quoi pour se blottir dans l'étreinte rassurante de ses grands bras musclés.

Une pile de conserves s'effondra dans le placard et le charme fut rompu. Wilson détourna le regard et Steve fit de même, se sentant un peu ridicule. Wilson lui avait déjà dit qu'il n'était pas intéressé par lui de cette manière-là. Il se faisait des films.

— Allons chercher le reste des affaires.

Steve se précipita vers le pick-up. Il ne restait plus que son sac, posé sur la banquette arrière. En se penchant pour l'attraper, il aperçut un autre pick-up qui tournait lentement dans l'allée. Steve s'accroupit instinctivement. Son cœur battait à tout rompre, mais la panique qui le saisit n'avait cette fois rien à voir avec les grands yeux bleus de Wilson.

— Wally, Dakota, entendit-il Wilson saluer depuis la maison. Qu'est-ce qui vous amène ici ?

Rassuré par le ton chaleureux de Wilson, il se redressa et fit comme s'il cherchait quelque chose avant de ressortir du pick-up. Si Wilson trouva quelque chose d'étrange dans son comportement, il n'en dit rien.

— Steve, je te présente Wally et Dakota, ils vivent à quelques kilomètres d'ici. Les gars, voici Steve Peterson. Madame Henfield l'avait embauché avant de vendre sa propriété. Il va rester ici pour m'aider avec le ranch.

— Ravi de vous rencontrer, Steve, déclara Wally en lui tendant sa main.

Le jeune homme serra la main du petit homme puis du grand cow-boy, examinant d'abord l'un, puis l'autre.

— Est-ce qu'il y a un problème ? demanda Wally.

Steve sourit et secoua la tête.

— Pas du tout.

Il n'en revenait pas ; Wally et Dakota étaient un couple. Ils étaient comme lui et ils ne semblaient pas du tout s'en cacher. Steve regarda nerveusement en direction de la grande route, presque comme s'il s'attendait à voir débarquer une foule en colère avec des fourches.

— Wilson m'a dit que vous viviez près d'ici.

— À quelques kilomètres de là, répondit, Dakota. Nous étions sur la route lorsque nous avons vu votre pick-up. Nous avons décidé de passer voir si vous aviez besoin de quoi que ce soit.

Dakota fit un grand sourire. C'était vraiment un bel homme. Steve comprenait sans mal ce que Wally lui trouvait, mais à ses yeux, aucun d'entre eux n'arrivait à la cheville de Wilson. Le regard du jeune homme se posa sur son employeur, et il sourit avant de pouvoir s'en empêcher. Puis, il détourna le regard, gêné.

— Steve restera ici pendant mon absence, expliqua Wilson.

— Il ne faudra surtout pas hésiter à passer si vous avez besoin de quelque chose, déclara, Dakota, en lui expliquant comment se rendre chez eux. Vous pouvez passer quand vous voulez. Vous aurez certainement besoin d'outils en attendant de vous équiper comme il faut.

— Merci, dit Steve. Je ne manquerai pas de venir.

Après un autre tour de poignées de mains, Wally et Dakota remontèrent dans leur pick-up et repartirent, le laissant à nouveau seul avec Wilson.

Le jeune homme emporta ses affaires dans la maison, et les posa sur le seuil de la chambre à coucher que son employeur l'avait autorisé à utiliser.

— Je vais retourner à l'hôtel, j'ai un vol très tôt demain matin. Tu as un téléphone portable ? demanda Wilson et Steve secoua sa tête. Je vais essayer de faire mettre celui de la maison en service.

Wilson tapota ses poches et en sortit une carte.

— Voici mon numéro. N'hésite jamais à m'appeler.

Wilson lui tendit la carte et Steve l'examina.

— C'est vous ?

Steve lut le nom inscrit et regarda Wilson, les yeux écarquillés.

— Vous êtes Willie Meadows ?

— Et merde, je n'avais pas pensé à ça, marmonna Wilson en levant les yeux au ciel. Oui, je suis Willie Meadows, mais il ne faut surtout pas que ça se sache, tu m'entends ? Ici, je suis simplement Wilson Edwards. Je te fais confiance pour garder le secret. Si les gens l'apprennent, je peux dire adieu à ma tranquillité. Il y aura des journalistes qui vont commencer à camper dans mon allée et je ne pourrais plus aller nulle part sans me faire aborder.

— Je ne le dirai à personne, promit Steve, en regardant de nouveau le numéro de téléphone.

Il avait en mains le numéro de téléphone de Willie Meadows !

Wilson eut un petit rire et le jeune homme releva les yeux de la carte.

— Ce n'est pas une sainte relique, Steve, ce n'est qu'une simple carte de visite et je suis seulement une personne comme les autres. C'est aussi pour ça que je ne t'ai rien dit. Quand les gens rencontrent Willie, ils changent d'attitude.

Wilson se retourna et se dirigea vers la porte. Steve le suivit, obstinément cramponné à la carte de visite.

— Lorsque je suis à Los Angeles, tout le monde me traite comme si je sortais de la cuisse de Jupiter. « Oui, Willie. Tu as raison, Willie ».

Steve laissa échapper un reniflement dédaigneux.

— Est-ce qu'il leur arrive de dire « Tu te prends un peu trop au sérieux, Willie » ? demanda-t-il sèchement, et Wilson se retourna. Vous avez la belle vie et vous vous plaignez du prix à payer pour le succès ? Essayez d'avoir peur, faim et de ne pas avoir d'endroit pour dormir, sauf l'arrière de votre véhicule ou la grange d'un inconnu !

Steve ne savait pas ce qui lui prenait, mais il ne pouvait plus s'arrêter.

— Vous êtes Willie Meadows ? La belle affaire ! Vous avez la chance de rendre les gens heureux avec votre musique, tout en pratiquant un métier que vous aimez, et vous venez me parler de la difficulté de votre quotidien ?

Le regard de Wilson se voila, et Steve fit instinctivement un pas en arrière.

— Très bien, déclara le chanteur. Merci de m'avoir fait part de ton point de vue.

Puis, il sourit malgré lui.

— J'imagine que je devrais m'estimer heureux que quelqu'un ose enfin me tenir tête et me dire le fond de sa pensée ?

— N'exagérons rien, répondit Steve, soulagé d'avoir arrêté sa diatribe et d'avoir toujours un emploi malgré son impertinence.

— C'est important pour moi Steve. Est-ce que j'ai ta parole ? demanda Wilson et Steve lui assura que son secret serait bien gardé.

Le jeune homme glissa la carte dans sa poche et raccompagna Wilson à son pick-up.

— Je te revois dans quelques jours.

Le chanteur fouilla dans sa poche, en sortit un peu d'argent et le tendit à Steve.

— Pour l'essence et les courses.

Steve prit l'argent et regarda le pick-up de Wilson disparaître au bout de l'allée en se demandant s'il était en train de rêver.

Une fois Wilson parti, Steve revint dans la maison et referma la porte. Le soleil couchant teintait les murs de la maison vide dans un dégradé flamboyant de rose orangé. Après être retourné dans sa chambre, il alluma le plafonnier et commença à faire son lit. Lorsqu'il eut terminé, il quitta la pièce et éteignit la lumière. Chacun de ses pas résonnait dans les pièces désertes. Il trouva la porte menant à la cave, descendit prudemment, et fut surpris de découvrir de vieilles chaises en bois empilées le long du mur. Steve se saisit de l'une d'entre elles, étonné par l'excellent état dans lequel elle était et par sa solidité. Il entreprit alors de toutes les remonter à l'étage pour les disposer sur le porche.

En franchissant la porte d'entrée avec sa première chaise, il aperçut un pick-up qui se garait dans la cour. Il posa la chaise à la hâte et rentra à toute vitesse pour se cacher derrière la porte et observer discrètement par la fenêtre. Il vit un homme sortir du pick-up et jeter un coup d'œil dans la cour où il faisait désormais presque nuit. Steve savait que s'il apercevait son pick-up garé derrière la grange, il était fichu.

Un deuxième homme sortit du véhicule. Steve crut le reconnaître, mais à cette distance et dans la pénombre, il n'était sûr de rien. Il se recroquevilla sur le sol sous la fenêtre, la tête baissée. Lorsque les dernières lueurs du soleil disparurent derrière l'horizon, Steve entendit des pas sur le porche. Il se releva, plaqué contre le mur, et vit une ombre passer devant la fenêtre. Il retint sa respiration et attendit, le dos collé contre le mur.

*Mais soudain, ce n'était plus le mur du ranch de Wilson. C'était un mur en béton. Le mur en béton d'une toute petite pièce dans laquelle son père l'avait jeté après une crise de rage. Steve frissonna, vêtu d'un simple short et tee-shirt en coton. Le béton brut blessait sa peau à chaque mouvement. L'obscurité l'engloutit et l'odeur de moisi et d'humidité lui assaillit les sens. Il ne savait pas où il était. Il n'était jamais venu ici avant, sans doute parce qu'il n'avait jamais mis son père en colère à ce point. Lentement, il essaya de s'asseoir, tira ses genoux contre son torse, et passa ses bras autour de ses jambes en frissonnant de manière incontrôlable.*

*L'attente était la véritable torture. Steve savait qu'il était seul et que personne n'oserait se lever pour intervenir en sa faveur. Les sons provenant de l'extérieur arrivaient parfois jusqu'à lui, mais ils étaient étouffés et il ne pouvait qu'attraper quelques bribes, par-dessus le claquement de ses dents. Son propre père lui faisait ça, l'homme qu'il était censé l'aimer de manière inconditionnelle. Steve songea que son cœur allait se briser. Steve songea qu'il aurait préféré être mort.*

L'ombre sur le porche fit quelques pas avant de s'éloigner, puis tout redevint silencieux. Steve rampa prudemment jusque dans le salon. Les phares du pick-up étranger illuminèrent le salon, et Steve se colla à plat ventre sur le sol, en écoutant le bruit du moteur s'éloigner. Il resta où il était pendant de longues minutes, le souffle court, le cœur battant à tout rompre.

Il n'avait pas pensé qu'ils le retrouveraient aussi vite. Heureusement pour lui, le ranch avait l'air inhabité. Steve espérait sincèrement qu'ils quitteraient la ville pour continuer leurs recherches ailleurs. Il se releva très lentement, alla vérifier une dernière fois qu'ils étaient bien partis, et se réfugia dans la cuisine. Il ouvrit le réfrigérateur. Jamais de sa vie il n'avait été aussi heureux de trouver une bière. Il décapsula une canette avec les mains tremblantes, et l'avala d'un trait. Il fit subir le même sort à une deuxième canette, et se força à en rester là. Wilson n'avait acheté qu'un pack, il était hors de question de toutes les boire en une seule fois. Qui plus est, il devait garder la tête froide. Il se prépara un casse-croûte rapide et décida d'aller au lit.

Il traversa le couloir qui menait à sa chambre sur la pointe des pieds. Il savait qu'il était ridicule et qu'ils étaient partis, mais il restait malgré tout sur ses gardes. Dans la salle de bain, il fut heureux de trouver de l'eau chaude. Il attrapa quelques-unes des serviettes que Wilson avait achetées et se déshabilla. Il prit une douche rapide dans l'obscurité, puis il se sécha et se brossa rapidement les dents. Sa serviette nouée autour de la taille, Steve regagna sa chambre et enfila un boxer et un tee-shirt avant de grimper sur son lit de fortune. Il ferma les yeux et essaya de ne pas penser aux hommes qui le recherchaient. Au lieu de cela, des images de Wilson défilèrent derrière ses yeux clos. Il aurait voulu qu'il soit là avec lui à cet instant. Pour être honnête, il aurait voulu que Wilson soit dans son lit, avec lui, qu'il le serre fort dans ses bras musclés, et qu'il lui promette de sa voix riche et profonde qui avait charmé des millions de personnes que tout allait bien se passer. Il savait qu'il ne devrait pas avoir ce genre de pensées au sujet de son patron, mais il ne pouvait pas s'en empêcher. Quelque chose dans la bonté de cet homme le touchait. Il n'était pas dupe, il savait qu'il ne pourrait jamais vraiment être dans les bras de Wilson, mais au moins il pouvait en rêver.

# III

— Tu quoi ? hurla Howard à travers le grand salon. Tu as laissé cet...
cet *enfant* seul dans ton ranch ? Qu'est-ce qui t'est passé par la tête ? Mon
Dieu, j'ose à peine imaginer dans quel état tu vas retrouver ta maison...

Howard faisait les cent pas tête baissée en marmonnant dans sa
barbe. S'il continuait comme ça, Wilson allait l'étrangler.

— Je lui fais confiance. Il prend soin du ranch et à mon retour, il
m'aidera à le gérer. Non pas que ce soit tes affaires, grogna Wilson.

— Tu es conscient que ce gamin n'est probablement qu'un profiteur
comme tous les autres ? l'avertit Howard. Reste prudent s'il te plaît.

Wilson savait que Howard était simplement inquiet, c'est la seule
raison qui le retint de lui tordre le cou.

— Calme-toi. Je suis sûr que Wally et Dakota passeront le voir afin
de s'assurer que tout va bien. Je ne suis pas un enfant Howard, j'aimerais
que tu arrêtes de te comporter comme si c'était le cas.

Il épingla son manager du regard, et Howard poussa un gros soupir
en cessant de piétiner.

— Maintenant que nous sommes clair là-dessus, explique-moi un
peu où en est la vente de cette satanée baraque.

Dieu qu'il détestait cette maison. Howard l'avait décorée dans
l'esprit western pour convenir à l'image artistique de Wilson, mais
maintenant qu'il avait acheté un véritable ranch, tout ce bric-à-brac
lui semblait ridicule. Les têtes d'animaux morts accrochées aux murs
l'embarrassaient tout particulièrement. Il détestait ces choses. Une tête
de bison trônait sur le plus grand mur du salon, et Howard aimait raconter
à qui voulait bien l'entendre que c'était Willie qui l'avait chassé. Ce que
tous ces gens crédules ne savaient pas, c'est que Wilson n'aurait pas su
tirer avec un fusil même si sa vie en dépendait. Il y avait également des
wapitis, des cerfs, et un tapis en peau d'ours qui comportait toujours la
tête, posé devant la fausse cheminée.

— Je ne savais pas ce que tu voulais emporter avec toi, expliqua Howard, jetant un coup d'œil dans la pièce encore meublée.

— Rien de ce qui se trouve dans ce foutu salon ça, c'est certain. Je vais simplement récupérer les meubles de ma chambre et de la tienne. Tu devras être parti d'ici demain, les déménageurs seront là à l'aube pour tout emballer. Quant au reste, tu peux tout revendre.

Wilson resterait intransigeant sur ce point. Il voulait voir disparaître ces horreurs et se bâtir une nouvelle vie.

— Tu ne vas quand même pas vendre mes affaires, protesta faiblement Howard, bien qu'il sache pertinemment que c'était Wilson qui avait tout payé de sa poche.

— Tu es parfaitement libre de les racheter. Mais tu dois quitter la maison. Et tant que nous y sommes, je t'ai entendu parler d'organiser une fête ce soir. Si tu avais l'intention de la faire ici, tu peux tout annuler dès maintenant. Plus de fêtes, plus de représentations. J'en ai fini avec tout ça.

— Nous devons faire une fête d'adieu, déclara Howard.

— Non, tu dois vendre cette maison et prendre ton travail un peu plus au sérieux. Pourquoi ce contrat pour un nouveau disque est-il si long à venir ?

Howard travaillait sur la conclusion d'un nouvel accord pour son prochain album depuis plus d'un mois et l'affaire n'avançait pas.

— Ils veulent voir ce que tu as commencé à écrire avant de s'engager, expliqua Howard en se laissant tomber sur le canapé de cuir.

— Très bien. J'ai déjà quelques chansons. J'ai bon espoir que l'inspiration revienne après le déménagement. Pour l'instant, je me sens épuisé, mais ces quelques jours dans le Wyoming m'ont fait beaucoup de bien. Je pourrai écrire là-bas, je le sens, mais je ne peux plus le faire ici, plus maintenant.

À dire vrai, il faisait semblant depuis si longtemps qu'il n'était plus sûr d'être capable d'écrire quoi que ce soit de sincère et d'authentique. Mais il devait au moins essayer.

— Je sais que tu voudrais m'avoir sous le coude en permanence, mais cette époque est révolue. J'ai besoin de calme.

Wilson se leva sans ajouter un seul mot, sachant qu'à tout instant, Howard allait de toute façon sortir son téléphone et commencer à japper.

35

Il se dirigea vers les portes coulissantes qui menaient au balcon, les ouvrit et quitta l'ambiance oppressante du salon. Sa villa surplombait toute la vallée de Los Angeles et offrait une vue imprenable sur ses longs boulevards et ses bâtiments enveloppés de pollution. Il referma les portes derrière lui, enleva ses chaussures, s'assit sur le bord de la piscine et trempa ses pieds dans l'eau chaude. Ce serait probablement la seule chose qui lui manquerait – une piscine qu'il pouvait utiliser toute l'année.

Il ferma les yeux et laissa son esprit vagabonder, les bruits de la ville s'estompèrent jusqu'à ce que tout ce qu'il entende soit le vent qui soufflait autour de lui.

Il était de retour dans le Wyoming, sur ses terres. Il se dirigeait vers sa maison, et Steve l'attendait, assis dans un fauteuil sur le porche. Le jeune homme se leva, son grand corps dégingandé se profilant, ses petites hanches se balançant de façon séduisante. Lorsqu'il arriva à sa hauteur, Steve plaça ses mains sur les joues de Wilson avant de l'embrasser passionnément.

Le chanteur s'obligea à sortir de sa rêverie et faillit tomber dans la piscine. Il ne fallait pas qu'il pense à Steve de cette façon. C'était son employé et Willie Meadows ne pouvait pas avoir une relation avec un autre homme. Ce serait la fin de sa carrière et Wilson le savait. Oui, il était gay, il le savait depuis de nombreuses années, mais il ne pouvait pas se laisser aller. Pas après ce qui lui était déjà arrivé.

— Willie, tu vas bien ? demanda Howard derrière lui.

Wilson acquiesça avant de se relever, l'eau coulant de ses jambes et de ses pieds, tombant sur le béton chaud.

— Je vais bien.

— L'agent immobilier veut te parler. Elle dit qu'elle a reçu une offre pour la maison et semble particulièrement excitée. Personnellement, je pense qu'elle continue d'appeler juste pour avoir la chance de te parler.

Après lui avoir tendu le téléphone, Howard s'éloigna en récupérant son propre portable, et au moment où il passait la porte, il parlait déjà avec quelqu'un d'autre.

— Bonjour, Helen, dit Wilson.

— Bonjour, dit-elle d'une voix séductrice, et Wilson leva les yeux au ciel.

— J'ai cru comprendre que vous aviez de bonnes nouvelles pour moi.

— Oui, j'ai reçu une offre pour votre maison et ils sont d'accord pour l'intégralité du prix demandé. Ils veulent qu'elle soit disponible d'ici deux semaines, cependant. Est-ce que c'est possible pour vous ? C'est leur seule condition. Il semble que l'un des studios veuille y installer leur nouvelle star et ils ont besoin d'un endroit approprié.

— Ça ne pose aucun problème.

Il avait déjà appelé des déménageurs et cela lui donnerait une parfaite excuse pour partir de la ville encore plus rapidement.

— Le plus tôt sera le mieux. Apportez les contrats de vente cet après-midi, je vais signer tous les papiers dont vous avez besoin et nous conclurons l'affaire.

— Accepteriez-vous de me dédicacer quelque chose lorsque je serai là ? Ma nièce est une grande fan.

— Bien sûr, Helen. Je serai heureux de le faire.

Wilson raccrocha et reposa le téléphone sur la table. Tout le monde voulait toujours quelque chose en plus ici – même les gens qu'il payait pour faire leur travail. Il avait parfois l'impression de se faire picorer l'âme petit à petit par des rapaces. Il ramassa ses chaussures, rentra dans la maison et alla à sa chambre. En chemin, il croisa Maria. Maria était sa femme de ménage depuis plus de huit ans.

— Maria, puis-je vous parler ?

Il entra dans son bureau et elle le suivit en refermant la porte.

— Oui, monsieur Meadows ?

— C'est, Wilson, je vous l'ai déjà dit, voyons, et j'ai une proposition à vous faire. Je suis sûr que vous êtes au courant que je vends la maison. J'ai l'intention de vivre dans un ranch au Wyoming. Je vous écrirai une lettre de recommandation pour votre travail et je vous paierai une indemnité de départ si c'est ce que vous préférez.

Il vit Maria pâlir sous sa peau bronzée.

— Mais si ça vous intéresse, je peux également vous proposer de venir avec moi dans le Wyoming. Vous pourriez vous occuper de la maison comme vous le faites ici, mais c'est beaucoup plus petit.

— Je pourrais aussi vous faire à manger, je suis une excellente cuisinière.

L'enthousiasme de sa réponse prit Wilson par surprise. Il ne s'était pas vraiment attendu à ce que Maria accepte de s'installer avec lui. Il leva les yeux vers elle et la vit hésiter.

— Vous savez que j'ai une fille. Je ne peux pas la quitter.

— Il n'en a jamais été question. Il y a une petite maison indépendante sur le ranch, vous et votre fille pourriez vous y installer, si vous le souhaitez. Vous auriez un endroit rien que pour vous et vous seriez à proximité de la maison principale. Réfléchissez-y et faites-moi savoir votre réponse, d'accord ?

Wilson sourit. Il pouvait lire l'excitation dans les yeux de Maria.

Elle sourit et répondit, avec son accent latino :

— Merci, Señor Wilson. Je vous donnerai ma réponse demain.

Il savait que la fille de Maria, Alicia, n'avait que cinq ans, et que le quartier dans lequel elles vivaient n'était pas idéal. Avant de déménager, Wilson avait déjà envisagé de leur demander de venir avec lui, peut-être même qu'elles y gagneraient en qualité de vie.

— Dîtes-moi rapidement si vous décidez de m'accompagner. Je m'occuperais de toute la logistique pour le transport de vos affaires.

— Est-ce que le Señor Howard vient aussi ?

Elle regarda la porte en se mordant nerveusement la lèvre. Maria et Howard ne s'étaient jamais entendus, probablement parce que Howard était un homme des cavernes, et qu'il pensait normal qu'elle nettoie tout derrière lui.

— Non. Howard reste ici.

En le disant à voix haute, Wilson réalisa son soulagement. Il avait passé trop de temps avec Howard au fil des ans, il était temps pour lui de prendre ses distances. À en juger par l'immense sourire de Maria, elle semblait plutôt d'accord.

— J'attendrais votre réponse demain, alors.

Maria quitta son bureau en hochant solennellement la tête, mais Wilson était convaincu qu'elle allait accepter son offre. Voilà qui concluait ses démarches administratives à Los Angeles, il était enfin libre de partir. Il savait qu'il serait obligé de revenir à l'occasion pour le travail, mais il viendrait en tant que visiteur, il séjournerait à l'hôtel. Sa véritable maison était désormais dans le Wyoming.

Un léger coup s'entendit sur sa porte et Howard entra.

— Nous sommes sur le point de conclure l'accord pour le prochain album.

Il s'installa dans l'un des fauteuils en face du bureau de Wilson.

— Ils sont prêts à payer plus cher que la dernière fois, mais ils veulent beaucoup de chansons, et ils veulent également quelques classiques country pour rester dans la continuité.

— D'accord, accepta Wilson. Où est le piège ?

Il y avait toujours un piège. Surtout quand une maison de disques était prête à payer des millions à l'avance, ça cachait généralement quelque chose.

— Il faut que nous entrions en studio d'enregistrement dans trois mois, répondit Howard.

— Neuf, rétorqua Wilson.

— J'ai déjà fait une contre-offre à un an, et nous nous sommes mis d'accord pour un compromis à six mois, dit-il avec un petit sourire de satisfaction.

Wilson devait le reconnaître, Howard était un bon manager. Il savait ce qu'il faisait.

— Est-ce que ces six mois te suffiront ?

Le chanteur haussa les épaules.

— Je suis incapable de me prononcer pour l'instant. Ce dont j'ai besoin, c'est d'inspiration et je ne vais certainement pas la trouver ici.

— Je crois que je commence à comprendre ça, déclara Howard.

— Il est trop facile de se laisser piéger par le mode de vie ici, c'est un cercle vicieux. Tu te rends compte que je suis un chanteur de country qui ne sait pas monter à cheval et qui n'a jamais réellement vu le grand Ouest ? Dans mes chansons, je parle de grands espaces, de l'eau cristalline, des rodéos et des cow-girls, cela va faire dix ans que je vends des disques en parlant de choses que je ne connais même pas. J'ai l'impression d'être un imposteur. C'est aussi pour cela que j'ai acheté ce ranch. J'ai besoin de réel et de stabilité, et les quelques jours que j'ai passés là-bas m'ont confirmé que j'avais fait le bon choix.

— Ça m'inquiète que tu vives loin de tout, complètement isolé, avoua Howard, et Wilson savait qu'il était sincère.

39

— Je ne serai pas seul. Je vais me faire des amis et je pense que Maria va venir avec moi. Je sais que c'est difficile pour toi aussi, mais je dois le faire.

— Je ne veux pas que l'on cherche à profiter de toi. Que tu le veuilles ou non, je te protège depuis très longtemps et je ne serais plus là pour veiller sur tout. Comme ce gamin au ranch. Ce n'est pas que je ne l'aime pas, je me demande simplement ce qu'il veut.

— Howard, soupira Wilson exaspéré. Je l'ai trouvé endormi dans la grange parce qu'il n'avait pas d'autre endroit où aller. Il ne savait même pas qui j'étais jusqu'à ce que je lui donne accidentellement une de mes cartes de visite. Je pense sincèrement que tout va très bien se passer avec Steve.

Quelque part, il comprenait les craintes de Howard, et une petite partie de lui se demandait aussi ce qu'il allait trouver en rentrant. Il voulait croire au meilleur chez les gens, mais son expérience lui avait révélé que la déception était souvent au rendez-vous.

— Je peux au moins te promettre que tu n'auras plus à t'occuper de la paperasse à Los Angeles, je m'occupe de tout, le rassura Howard.

Wilson n'avait aucune inquiétude de ce côté. Malgré ses défauts, il savait qu'il pouvait compter sur Howard. Ils parlèrent travail pendant encore quelques minutes, puis son manager le laissa seul. Après déjeuner, Helen passa pour lui faire signer les papiers de la vente, et l'après-midi fila à une vitesse épuisante. Au moment d'aller se coucher, Wilson ne put s'empêcher de penser au jeune homme qui était probablement endormi dans l'une des chambres de son ranch. Sa nuit se trouva agitée de rêves qui ne lui laissèrent au petit matin qu'un goût amer de regret.


LA MAISON était officiellement vendue et les déménageurs avaient pratiquement terminé les cartons et le chargement des meubles. Howard s'était trouvé un appartement, et il ne restait plus dans la maison que pour gérer la vente aux enchères des meubles, dont Wilson, ne voulait plus. Il peinait à réaliser que cette portion de sa vie était enfin close. À présent il n'avait plus qu'une idée en tête : retrouver son ranch.

Le vol était secoué de turbulences depuis plus d'une heure et Wilson avait hâte de retrouver le plancher des vaches. Maria et Alicia occupaient la rangée juste derrière lui et il pouvait l'entendre, essayer de rassurer la petite fille d'une voix douce. À son grand soulagement, ils atterrirent peu de temps après. Après avoir récupéré leurs bagages, Wilson les amena à son pick-up et ils se mirent en route pour le ranch, Alicia fièrement assise dans son rehausseur en forme de voiture de course.

— Tout est différent, souffla Maria d'une voix admirative en admirant le paysage qui défilait par la fenêtre.

Elle passa tout le trajet soit le nez collé à la vitre, soit à répondre aux incessantes questions d'Alicia.

— Est-ce qu'il y aura des chevaux ? Est-ce que je pourrais monter dessus ? Est-ce qu'il y aura d'autres enfants avec qui je pourrais jouer ? C'était quoi ces grands animaux sur le bord de la route ?

Question après question, la petite fille excitée n'arrêtait pas. Wilson répondit chaque fois qu'il le put.

— Oui, nous aurons des chevaux et probablement un poney que tu pourras monter. Je ne suis pas certain pour les enfants, mais nous pourrons le demander aux voisins. Tu en rencontreras probablement quelques-uns lorsque tu commenceras l'école. Et les animaux que tu aperçois sont des vaches.

— Alicia, laisse le Señor Wilson conduire.

— C'est bon, dit-il en souriant et en faisant un clin d'œil à la petite fille. Je suis content qu'elle soit aussi enthousiaste. Et attends de voir la neige ! lui dit-il.

Il l'entendit claquer des mains et pousser un petit cri de joie.

Le trajet se poursuivit par la question rituelle « on est bientôt arrivés ? », posée approximativement toutes les cinq à dix minutes.

— Que c'est grand ! s'extasia Alicia en regardant défiler les champs parsemés de bétail et les rares bâtiments visibles dans le lointain.

En approchant de leur destination, Wilson se sentit devenir nerveux. Après avoir subi les reproches et les inquiétudes diverses de Howard pendant presque une semaine, il commençait à se demander ce qu'il allait retrouver.

— Nous y voilà, dit-il en ralentissant et en s'engageant dans l'allée.

— *Chevaux* ! s'écria Alicia sur la banquette arrière, et Wilson se tourna pour regarder dans la direction que pointait la petite fille.

Il y avait effectivement des chevaux dans le paddock. Deux d'entre eux, pour être précis. La maison avait l'air dans le même état que celui où il l'avait laissée, mais d'où ces animaux pouvaient-ils bien provenir ?

Wilson se gara dans la cour en cherchant Steve du regard, mais à part les chevaux, l'endroit semblait désert. Après quelques minutes d'attention, il aperçut enfin une silhouette qui sortait de la grange. C'était Steve, et il avait l'air inquiet. Wilson sortit de son pick-up en le regardant s'approcher avec un nœud dans l'estomac.

— Est-ce que tu veux bien m'expliquer d'où viennent ces chevaux ? J'imagine qu'ils ne sont pas tombés du ciel, s'enquit-il en essayant de garder un ton léger.

— Wally et Dakota ont besoin que ces chevaux soient dressés avant de pouvoir les vendre, expliqua Steve en fuyant obstinément son regard. Ils me paient afin que je les entraîne, j'ai pensé que ça ne poserait pas de problème. Ils ont également fourni le foin. Ils sont plutôt contents de mon travail, ils ont proposé de parler de moi aux autres ranchers des alentours qui auraient besoin d'un dresseur. Je comprendrais tout à fait si vous n'êtes pas d'accord, ajouta-t-il à la hâte.

Steve mâchonnait nerveusement sa lèvre inférieure, et ses yeux, lorsqu'il regarda finalement Wilson, brillaient d'une telle excitation qu'il n'y avait aucun moyen qu'il puisse dire non.

Wilson sourit et Steve sembla se détendre.

— Je suis entièrement d'accord, mais tâche de ne pas avoir les yeux plus gros que le ventre, il va aussi nous falloir de la place pour un poney et quelques bons chevaux de selle.

Il était déterminé à apprendre à monter à cheval et peut-être qu'une fois qu'il serait plus à l'aise, il pourrait demander à Wally et à Dakota, de lui montrer les ficelles du métier d'éleveur.

— D'accord, promit le jeune homme et Wilson vit Alicia courir vers l'avant du pick-up pour se diriger vers la clôture de l'enclos, sa mère juste derrière elle.

Steve les suivit du regard, l'air méfiant.

— C'est Maria et sa fille, Alicia.

— Oh ! s'exclama le jeune en jetant un regard nerveux vers la maison, puis vers la petite propriété indépendante un peu plus loin. Je vais déménager mes affaires, dit-il aussitôt.

Steve commença à s'éloigner sous le regard médusé de Wilson qui se demandait ce qui venait de se passer. Lorsqu'il comprit d'où venait le malentendu, il rattrapa le jeune homme.

— Steve, attends.

Lorsqu'il se retourna vers lui, Wilson surprit une lueur de douleur dans ses yeux.

— Je crois que tu as mal compris. Maria est là pour s'occuper de la maison. Alicia et elle vont s'installer dans ce qui devait être les quartiers du contremaître. Tu peux garder ta chambre aussi longtemps que tu le voudras. Les déménageurs devraient arriver d'ici un jour ou deux avec quelques meubles, y compris un lit que tu pourras utiliser si tu le souhaites. Malheureusement, je n'ai pas pu les faire livrer plus vite.

— D'accord, répondit Steve avec un petit sourire soulagé. Voulez-vous que je vous montre ce que j'ai eu le temps de faire ?

Il avait l'air excité comme un enfant et il lui fit faire le tour du ranch.

— J'ai nettoyé le manège. Il y avait beaucoup de mauvaises herbes, alors je les ai arrachées. Dans les paddocks aussi. J'ai débroussaillé les parterres de fleurs devant la maison, au cas où vous voudriez y planter quelque chose, et à l'arrière, il y a un endroit qui ressemblait à un jardin potager. Il est trop tard pour planter quoi que ce soit cette année, mais il pourrait servir l'année prochaine. J'ai aussi rapporté du gravier pour l'étaler dans la cour.

— Tu n'as pas chômé, remarqua Wilson, impressionné par l'initiative du jeune homme. Et tout s'est bien passé ? Tu ne t'es pas senti trop seul ?

— Aucun problème, répondit-il un peu trop rapidement, en fuyant à nouveau le regard de Wilson.

Il savait que quelque chose se tramait, mais il savait aussi qu'il n'obtiendrait pas d'autre information à moins d'obliger Steve à lui parler. Et il n'était pas certain que ce soit la solution.

— Et qu'y a-t-il sous cette bâche ? demanda-t-il en faisant le tour de la grange.

— Mon pick-up, répondit le jeune homme. J'ai voulu le mettre à l'abri de la pluie.

Il continua à marcher.

— Oh ! J'ai trouvé quelques vieilles chaises au sous-sol et je les ai remontées pour les nettoyer. Nous pourrions les peindre, elles iraient bien sur le porche.

Il était évident qu'il essayait désespérément de changer de sujet. Wilson n'insista pas, mais le jeune homme avait manifestement peur de quelque chose.

Le téléphone de Wilson sonna. Il le sortit de sa poche, surpris de découvrir un numéro inconnu au lieu de celui de Howard, et décrocha en fronçant les sourcils.

— Allô ?

— Vous êtes bien Monsieur Edwards ? Nous sommes à peu près à une demi-heure de chez vous. Nous voulions savoir si nous pouvions livrer vos affaires.

— Bien sûr, je suis sur place. Je vous attends.

Wilson raccrocha. Il ne s'était pas attendu à les voir arriver si vite.

— Les déménageurs seront là d'une minute à l'autre. Nous allons avoir besoin d'aide pour tout décharger.

Il avait aidé Maria et Alicia à organiser leur déménagement un peu plus tard dans le courant de sa semaine à Los Angeles, et leurs affaires n'arriveraient sans doute pas avant quelques jours.

— En attendant que l'autre camion arrive, je vous propose de vivre avec nous dans la maison principale ? À moins que vous ne vous sentiez plus à l'aise dans une chambre d'hôtel ?

Elles allaient vivre un très grand changement et Wilson ne tenait pas à les mettre mal à l'aise.

— Je veux rester avec les chevaux, dit Alicia, ce qui sembla régler la question pour Maria.

Dans un premier temps, tout le monde aida à décharger les cartons, puis Wilson déplaça son véhicule afin que les déménageurs puissent manœuvrer et placer l'arrière du camion le plus près possible du porche. L'équipe de déménageurs commença par transporter les caisses qui allaient dans la cuisine, et Maria se mit aussitôt à tout ranger et tout organiser, aidée de sa petite Alicia.

Les déménageurs sortirent ensuite le gros mobilier. Wilson les dirigea afin que tout soit installé dans les bonnes pièces. Il vit la mâchoire de Steve tomber en apercevant l'immense lit qui fut installé dans sa chambre, avec la commode assortie.

— Je n'ai jamais eu une si belle chambre de toute ma vie, dit-il en ramassant ses couvertures en boule pour faire le lit.

Vint ensuite le lit de Wilson, qui était presque deux fois plus grand, suivi d'un autre qu'il avait prévu pour la chambre d'amis supplémentaire, mais dans laquelle Maria et Alicia dormiraient jusqu'à l'arrivée de leurs effets. Il remercia silencieusement l'entêtement de Howard qui avait fini par le convaincre de prendre un troisième lit.

Dans le salon, il n'y avait que ses deux canapés en cuir, quelques lampes, et la gigantesque télévision de Wilson. Une fois tout installé, Wilson signa les documents, remercia les déménageurs pour leur aide, leur serra la main et les renvoya sur la route.

— Señor Wilson, il va falloir arranger ça, dit Maria alors en observant l'ameublement spartiate d'un œil critique. Mais je suis heureuse que toutes ces bêtes mortes ne soient plus là.

— Moi aussi Maria, acquiesça Wilson en se laissant tomber dans l'un des canapés.

Maria regagna la cuisine, et Alicia entra dans le salon en courant, un livre à la main. Elle regarda autour d'elle et s'approcha de Steve. Timidement, elle lui tendit son livre. Le jeune homme, assis sur l'autre canapé, souleva Alicia pour l'installer à côté de lui. Lorsqu'il ouvrit le livre, ses yeux s'écarquillèrent, et Wilson sourit.

— Je suis désolé, je ne lis pas l'espagnol, s'excusa-t-il.

Alicia leva vers lui un regard suppliant, si bien qu'il rouvrit le livre et commença à lire du mieux qu'il pût. La petite fille entreprit de le corriger gentiment chaque fois qu'il butait sur un mot. C'était probablement la scène la plus adorable à laquelle Wilson avait assisté de toute sa vie. Chaque fois que Steve prononçait un mot particulièrement mal, le rire d'Alicia emplissait la pièce. Il ne pouvait pas s'empêcher de fixer le jeune homme, son sourire insouciant et la joie dans ses yeux alors qu'il faisait la lecture à Alicia étaient tout simplement impossibles à ignorer. À la fin du bouquin, la petite fille descendit du canapé et Wilson l'entendit courir à nouveau dans la maison, avant de revenir avec un hippopotame en peluche. Cette fois, elle se recroquevilla à côté de lui en serrant l'animal contre elle, et s'endormit rapidement.

— Señor Wilson... commença Maria en entrant dans le salon, mais Wilson lui fit signe de se taire en posant un doigt sur ses lèvres.

Maria les regarda et leva les yeux au ciel.

— Tous les deux, vous allez la gâter, hein ? demanda-t-elle, regardant alternativement Wilson puis Steve.

Wilson regarda Maria en se retenant de rire

— Chaque fois que je le pourrai, j'en ai bien peur.

Steve se leva et la suivit dans la cuisine pour l'aider à transporter les cartons vides à l'extérieur. Durant les deux heures qui suivirent, Wilson resta assis avec Alicia tandis que Maria et Steve s'affairaient en cuisine. Lorsque la petite fille se mit à gigoter dans son sommeil en cherchant une meilleure position, Wilson en profita pour se lever. Il trouva une couverture dont il la recouvrit avant d'aller, lui aussi, travailler.

Maria était un modèle d'efficacité – elle l'avait toujours été – mais avec le déménagement, Wilson en était plus conscient que jamais. Elle organisa sa cuisine en un rien de temps, puis alla faire les lits, et lorsqu'il commença à déballer ses vêtements, elle le chassa de sa propre chambre pour s'en occuper. Alicia se réveilla et, désœuvré, Wilson l'emmena au manège où Steve faisait travailler l'un des chevaux.

— Maria t'a mis dehors, toi aussi ? demanda Wilson en portant Alicia afin qu'elle puisse voir par-dessus la clôture.

La lumière du jour commençait à décliner. Wilson observa silencieusement le travail de Steve pendant quelques instants. On pouvait déjà voir que Steve avait progressé avec le cheval.

— Je peux le monter ? demanda Alicia.

— Pas encore, répondit Wilson en admirant le balai gracieux du jeune homme et du cheval dans l'enclos. Il est encore un peu sauvage.

Steve força le cheval à s'arrêter, lui donna une friandise qu'il sortit de sa poche, puis lui fit faire un dernier tour du manège avant de le laisser tranquille. Il quitta le manège, et referma soigneusement la porte derrière lui. Wilson et Alicia vinrent à sa rencontre.

— Pourquoi Dakota a-t-il amené ces deux-là ici ?

Ils s'assirent tous les trois sur la barrière et regardèrent le cheval faire le tour de son enceinte, comme s'il cherchait un moyen de sortir.

— Il est encore assez sauvage et Dakota n'a pas réussi à le calmer, expliqua Steve. Au début, il a essayé de me mordre, mais j'ai réussi à le faire arrêter assez vite. Maintenant, il teste chaque enclos dans lequel il se trouve et cherche un moyen de s'évader.

— Pourquoi ne pas simplement insister comme on voit parfois dans les films ? demanda curieusement Wilson. Pourquoi ne pas le monter jusqu'à ce qu'il cède ?

— Je préfère la manière douce. Je veux qu'il me fasse confiance avant de lui mettre une selle.

Steve releva les yeux vers Wilson, et la lumière du soleil couchant glissa sur ses longs cheveux, dessinant comme un halo de feu autour de son visage.

— Je préfère qu'un cheval apprenne à me faire confiance au lieu qu'il me craigne. Je veux qu'ils gardent leur esprit libre, c'est aussi ça qui les rend uniques. En les forçant, on prend le risque de briser cet esprit.

Ils se tournèrent à nouveau le cheval. Chaque fois qu'il inspirait, Wilson pouvait sentir l'odeur des écuries et de la terre, et juste en dessous, le parfum indescriptible du jeune homme à ses côtés qui le rendait complètement fou, cette odeur à la fois verte, fraîche, et musquée, profondément masculine.

— Le dîner est prêt, les appela Maria depuis le porche.

— Il faut que nous allions manger si nous ne voulons pas nous faire gronder par la cuisinière, plaisanta Wilson, mais il n'avait pas vraiment envie de bouger.

Il lui aurait suffi de déplacer sa main de quelques centimètres pour toucher les doigts de Steve. Il savait qu'il ne le devait pas, pour tout un tas de raisons. Ignorer le jeune homme s'avérait être bien plus difficile qu'il ne l'avait imaginé. Mais Steve était désormais son employé, et Willie Meadows ne pouvait pas se permettre d'être gay. Toutes ces raisons lui semblaient dérisoires lorsqu'il posait les yeux sur l'homme qui se tenait debout à côté de lui. Instinctivement, Wilson se retourna et Steve fit la même chose. Ils se retrouvèrent face à face. Steve se lécha nerveusement les lèvres, et la bouche de Wilson s'entrouvrit malgré lui, comme un écho à ce geste inconscient.

— Le dîner va être froid, répéta Maria.

Wilson recula en clignant des yeux, comme pour s'éclaircir l'esprit, et se réprimanda intérieurement. Il avait bien failli embrasser le jeune homme. Steve et Alicia se dirigèrent vers la maison, et Wilson attendit une minute avant de les suivre, le temps de calme ses nerfs. En regardant autour de lui, il aperçut un pick-up qui ralentit à l'approche du ranch. Le véhicule avançait lentement, mais il ne tourna pas dans l'allée. Wilson crut voir le conducteur et son passager regarder en direction du ranch, et s'avança d'un pas rapide pour leur faire comprendre qu'il les avait vus. Lorsque le conducteur le repéra, il accéléra brusquement et disparut.

Wilson attendit qu'ils soient hors de vue avant de rentrer dans la maison. Maria avait installé une table de fortune dans la salle à manger et Steve était assis avec une assiette devant lui. Wilson passa se laver les mains dans la salle de bain en pensant à l'étrange attitude du conducteur. Il s'inquiétait sans doute pour rien, les deux hommes cherchaient peut-être simplement leur chemin. Wilson décida de mettre l'incident de côté et rejoignit les autres à table. Maria déposa une assiette devant lui. Les enchiladas sentaient divinement bon.

— C'est délicieux Maria ! s'extasia-t-il dès la première bouchée.

Elle et Alicia étaient encore dans la cuisine.

— Venez vous asseoir et manger avec nous, les invita Wilson.

Elle secoua la tête.

— Ne soyez pas ridicules, vous et Alicia faites partie de cette famille. S'il vous plaît, venez manger.

Elle le regarda avec méfiance, puis elle remplit une assiette pour elle-même et une autre plus petite pour Alicia. Steve alla chercher d'autres chaises sur le porche pour leur permettre de se joindre à eux.

— Je vous préviens tous les deux, commença Wilson en regardant tour à tour Maria, puis Steve. Vous savez qui je suis, et vous savez que ce n'est pas une excuse pour me traiter différemment. Maria, vous allez prendre soin de la maison. C'est votre domaine. Si vous avez besoin de quoi que ce soit, il vous suffira de me le demander, et je ferais le nécessaire. Cela vaut aussi pour toi, jeune homme, ajouta-t-il en se tournant vers Steve. Demain, nous irons en ville ensemble pour acheter quelques meubles, vous en profiterez pour prendre tout ce qui vous manque et qui vous fait envie, compris ?

— Merci, Señor Wilson, je vais faire une liste, dit-elle en commençant à manger.

— Steve, je vais aussi avoir besoin d'une liste de tout l'équipement qui te sera nécessaire pour la grange et les chevaux. Nous devrions

48

également probablement nous renseigner pour savoir quand aura lieu la prochaine vente de chevaux. Il parait qu'il nous faut un poney, ajouta-t-il dans un clin d'œil.

Au mot « poney », Alicia eut un hoquet et frappa dans ses mains, oubliant qu'elle tenait une fourchette.

— Mange. On ne joue pas à table, la gronda gentiment Maria et Wilson glissa à la petite fille un sourire complice.

— Je n'ai pas vraiment dans l'idée de monter un ranch entièrement autosuffisant, mais il faut que nous décidions de ce que nous allons faire de la terre. Je m'en remets à toi Steve, je te fais confiance pour ce genre de décision.

À ces mots, le regard du jeune homme s'éclaira.

— Je veux que vous vous sentiez tous ici chez vous.

Wilson regarda chacun d'entre eux pour s'assurer qu'ils avaient bien compris. Il avait été entouré de gens toute sa vie, mais ne s'était jamais senti chez lui jusqu'à ce qu'il achète ce ranch.

Après manger, il remercia Maria pour leur délicieux dîner, lava rapidement sa vaisselle, puis alla chercher sa guitare dans sa chambre. Il voulut s'installer sur le porche, mais il n'y avait plus rien pour s'asseoir. Il pensa retourner à l'intérieur pour récupérer l'une des vieilles chaises, mais au même moment, Steve sortit de la maison avec deux chaises. Il les posa silencieusement sur le porche, et se dirigea vers la grange, le laissant seul. Wilson s'assit et posa la guitare sur ses genoux. Il gratta l'instrument sans jouer d'air précis, pour le plaisir pur et simple de jouer. C'était ainsi qu'il trouvait l'inspiration avant. Il continua à plaquer quelques accords, laissant ses mains faire ce qu'elles voulaient. Les unes après les autres, les notes sortirent de l'instrument, mais rien de précis ne s'imposa à son esprit. Il finit par jouer une des chansons de son dernier album. Il ferma les yeux et commença à chanter.

Il était à mi-chemin de sa chanson, lorsqu'il s'arrêta. Les paroles parlaient « des gars de la campagne perdus en ville ». C'était ainsi qu'il s'était senti à Los Angeles, mais à cet instant, assis sur le porche sous un ciel étoilé, la chanson sonnait creux et faux. Wilson essaya de la reprendre depuis le début à nouveau, mais le charme était rompu.

— Est-ce que vous savez d'où viennent les chansons country ? demanda doucement Steve alors que Wilson posait sa guitare à côté de lui.

Elles sont généralement chantées autour d'un feu de camp. Un homme sort un harmonica, parfois un violon, et ils se mettent tous à chanter. Si tout le monde connaît ces airs, c'est parce qu'ils se transmettent d'homme à homme et d'un camp à l'autre.

— Est-ce que tu sous-entends que j'ai besoin d'un feu de camp ? demanda malicieusement Wilson.

— Non je… Je ne cherchais pas à vous critiquer, balbutia le jeune homme.

— Je plaisante Steve. Ça fait des mois que je n'ai pas réussi à écrire une chanson, c'est aussi pour ça que je suis venu m'installer ici.

Wilson essayait de contenir la frustration dans sa voix.

— Alors c'est pour ça que vous avez racheté le ranch ? demanda Steve en s'installant tranquillement sur l'autre chaise. Pour trouver l'inspiration ?

— En partie, peut-être, répondit Wilson en se laissant aller contre le dossier de sa chaise, arrachant au bois une plainte grinçante. Pendant près de dix ans, j'ai gagné ma vie en chantant de la musique country. J'ai écrit certaines chansons moi-même et d'autres sont des classiques que j'ai remis au goût du jour pour plaire aux jeunes. Ça a peut-être fonctionné, mais je ne suis qu'un imposteur.

Wilson ferma les yeux pour ne pas voir le regard déçu sur le visage de Steve.

— Je suis juste un gamin d'Oshkosh qui s'est retrouvé au bon endroit, au bon moment, avec une voix que quelqu'un a entendue et dont il a pensé qu'elle conviendrait pour des ballades country.

Il rouvrit les yeux et scruta l'obscurité en écoutant le bourdonnement des insectes attirés par la lumière du porche.

— Je suis censé écrire une douzaine de chansons en un peu moins de six mois, mais j'ai l'impression d'être vide et de n'avoir rien à raconter.

Le monde entier était sur le point de réaliser que le grand Willie Meadows n'était rien d'autre qu'un charlatan.

— Je ne sais pas comment vous aider, mais je voudrais essayer, offrit Steve en posant une main sur son bras.

Il savait qu'il aurait dû éloigner son bras immédiatement, mais ce simple contact était suffisant pour enflammer son cœur.

50

— Merci, murmura Wilson en essayant de ne pas laisser entendre son émotion.

Il savait ce que Howard aurait fait dans cette situation : il l'aurait simplement enfermé quelque part jusqu'à ce qu'il écrive ses satanées chansons. Il l'avait déjà fait auparavant, et ça avait marché, parce que, sans distraction, Wilson n'avait pas d'autres choix. Mais cette fois, c'était différent, et il le savait. En repensant à l'écriture de son dernier album, il se mit à rire.

— Qu'y a-t-il de si drôle ? chuchota Steve et Wilson se tourna pour le regarder

— Il y a deux ans, j'ai eu une panne d'inspiration du même genre, expliqua-t-il. Howard m'a enfermé dans mon bureau avec un gigantesque bidon d'eau et un sac de sandwiches. Il a dit que je pourrais sortir quand j'aurai écrit une chanson complète. Ce salopard m'a gardé enfermé pendant plus de six heures, mais je suis ressorti avec la musique et les paroles de « Los Angeles Range ».

— Qu'avez-vous fait après ça ? demanda le jeune homme.

— J'ai couru au petit coin, répondit-il et ils éclatèrent de rire tous les deux. Mais ça m'a permis de vaincre mon blocage, après ça les autres chansons ont suivi tout naturellement, ajouta-t-il, une fois calmé. Je n'avais pas l'impression de vide que je ressens maintenant.

Steve avait retiré sa main et le contact lui manquait déjà. Ils restèrent assis pendant un long moment, tous les deux perdus dans leurs pensées. Au fil des minutes, Wilson devint très conscient de chaque mouvement que faisait Steve. Il remercia silencieusement l'obscurité qui dissimulait le signe évident de son désir qui tendait son pantalon. Wilson tenta de se répéter toutes les raisons pour lesquelles céder à la tentation était une mauvaise idée, mais ces arguments commençaient sérieusement à faiblir.

Il se leva, souhaita bonne nuit au jeune homme et retourna à l'intérieur. La maison était en grande partie plongée dans le noir, et la voix douce de Maria lui parvint dans le couloir alors qu'elle faisait la lecture à Alicia. Il alla directement à sa chambre et ferma la porte. En se glissant entre les draps, il se demanda comment il allait dormir sachant que Steve était dans la pièce voisine.

# IV

STEVE RESTA assis seul, dehors pendant un long moment avec l'esprit en ébullition. Il ne pouvait pas cesser de penser à Wilson. Lorsqu'il avait touché son bras, il avait ressenti comme des picotements dans sa main. Et le chanteur ne s'était pas éloigné. Steve commençait à le soupçonner d'être gay. La façon dont ils s'étaient presque embrassés plus tôt lui revint en mémoire. Il devait rester réaliste, et garder en tête que c'était peut-être simplement le fruit de son imagination. Après tout, Wilson avait refusé ses avances à deux reprises. Steve quitta sa chaise et entra dans la maison, plus serein. Il était inutile de ruminer dans le noir, ça ne l'avancerait à rien. Il éteignit toutes les lumières sur son chemin, et regagna sa chambre.

Il s'arrêta brièvement devant la porte de la chambre de Wilson, dans l'espoir d'entendre quelque chose. Il lui sembla percevoir un bruit de pas, mais il ne pouvait pas en être sûr. Il n'avait pas l'intention d'essuyer un troisième refus. Il entra dans sa propre chambre, et referma silencieusement la porte derrière lui. Après s'être déshabillé, Steve grimpa dans le lit que Wilson lui avait offert. Les draps étaient doux et le matelas, parfaitement moelleux. Il peinait à réaliser que tous les meubles de la chambre étaient désormais à lui. Il se demanda si Wilson s'était endormi ou si, lui aussi, était couché à contempler le plafond.

Steve roula sur son estomac en gémissant légèrement, son membre tendu glissa contre la douceur décadente du drap-housse, envoyant un frisson dans sa colonne vertébrale. Tout le long de leur conversation sur leur porche, il avait été obligé de croiser les jambes pour dissimuler son érection. Il s'imagina la silhouette nue et musclée de Wilson, couché dans son lit, à seulement un mur de lui, et son sexe pulsa dans sa main. Il se tourna de nouveau sur le dos et se cambra en glissant ses mains le long de son ventre pour les enrouler lascivement autour de son sexe. Il ferma les yeux en s'imaginant qu'il s'agissait de celles de Wilson. Il repensa au son de sa voix lorsqu'il s'était mis à chanter sur le porche, profonde et rauque. Ses mouvements s'accélérèrent. Il se prit à rêver d'un jour où Wilson ne chanterait que pour lui, en privé, en le regardant dans les yeux. C'était une idée stupide, mais tellement tentante. Il augmenta encore le rythme de ses va-et-vient en imaginant le corps de Wilson pressé contre le sien, la sensation de sa peau contre la sienne, le goût de sa bouche…

Il ne savait pratiquement rien du corps du chanteur, mais il avait une imagination débordante, et la simple idée de la verge de Wilson glissant en lui suffit à le faire jouir. Steve essaya d'être le plus silencieux possible, mais en proie à l'extase de son fantasme, tout contrôle lui échappa.

Après coup, il attendit, immobile et haletant, à l'affut du moindre bruit, mais il n'entendit rien. Il essuya son torse et sa main sur sa chemise sale, et remonta les couvertures sur lui. Il aimait dormir avec la climatisation pour s'enfouir sous les couvertures. Il se blottit dans sa couette, et sombra dans un sommeil profond.

Toute la nuit durant, ses rêves fiévreux furent hantés par l'image de Wilson. Éveillé ou endormi, l'homme semblait occuper ses pensées en permanence. Lorsqu'il rouvrit les yeux, les premiers rayons du soleil teintaient déjà l'horizon. Steve renonça à l'idée de rendormir. Il se leva, s'habilla et quitta la maison pour se diriger vers la grange. Il y avait toujours quelque chose à faire avec les chevaux. S'occuper d'eux lui permettait de se vider la tête et de se détendre.

En arrivant vers la grange, il entendit un pick-up ralentir à l'entrée du ranch. Il se précipita à l'intérieur sans même y réfléchir. Il aurait dû se douter qu'ils n'abandonneraient pas les recherches aussi facilement. Il avait vu leur véhicule rôder près du ranch à plusieurs reprises. Steve espérait qu'ils finiraient par baisser les bras. Mais que ferait-il si ce n'était pas le cas ? Il ne pouvait pas continuer à vivre indéfiniment dans la peur. Et s'ils avaient posé des questions en ville et que quelqu'un leur avait parlé de lui. Cela expliquerait pourquoi ils passaient aussi souvent devant le ranch. Son père était malin et déterminé, il n'enverrait pas des idiots à ses trousses, et il n'abandonnerait pas tant qu'il ne l'aurait pas retrouvé. Steve ne pourrait plus jamais dormir tranquille. Personne n'échappait à David Peterson. Le bruit du moteur s'éloigna enfin, et Steve poussa un soupir de soulagement. Le cheval dans le box le plus proche passa sa tête par-dessus le muret pour lui renifler gentiment la tête, comme s'ils avaient perçu sa détresse.

— Je sais, soupira le jeune homme en caressant le flanc de Chester, un étalon couleur sable avec lequel il avait beaucoup travaillé.

Lui et Lilly, la jeune jument brun foncé de Dakota, cherchaient souvent sa compagnie. Ils venaient sans cesse réclamer une caresse ou une friandise. Comme s'il avait lu dans ses pensées, Chester lui donna un coup de tête dans le torse pour attirer son attention.

— Tu crois que je devrais en parler à Wilson, c'est ça ?

Le cheval secoua sa tête de haut en bas, comme pour lui répondre par l'affirmative et le jeune homme sortit une carotte du paquet qu'il avait prise avant de sortir de la maison. Steve détestait les carottes avec passion, et lorsqu'il était tombé sur l'énorme filet d'un kilo que Wilson avait acheté à l'épicerie, il l'avait aussitôt amené dans la grange. Il s'avança ensuite prudemment vers Lilly pour juger de son humeur, et elle s'approcha pour quémander une caresse.

— Je sais ce que vous vous dîtes, continua Steve à voix haute en lui offrant une carotte à elle aussi. Vous vous dîtes que je devrais dire la vérité à Wilson. Et peut-être que c'est vous qui avez raison, pourtant… Et s'il me mettait dehors ?

Lilly lui donna un coup de tête désapprobateur.

Steve recula en riant, et alla chercher une longe qu'il accrocha à son licol pour la sortir de son box et la conduire au manège. Puisqu'il était debout, autant qu'il commence l'entraînement des chevaux. Une fois dans le manège, il fit faire un peu d'exercices à Lilly, puis retourna dans la grange pour prendre sa couverture et sa selle. Il posa la selle sur la barrière de l'enclos sans faire de mouvements brusques, et déposa la couverture sur le dos de la jument. Elle se retourna pour essayer de voir ce qu'il se passait, mais ne rechigna pas, si bien que Steve décida d'essayer la selle. Son plan était de l'habituer à être sanglée avant même d'essayer de la monter.

— C'est très bien ma belle, murmura-t-il gentiment.

Il plaça doucement la selle sur son dos, et s'éloigna. Lilly se retourna pour contempler la selle, avant de le regarder lui. Steve sourit et s'approcha prudemment, surveillant le moindre signe d'agitation. Elle avait l'air sur ses gardes, mais pas en colère.

— Tu es une bonne fille, cajola-t-il en se rapprochant. Je vais juste attacher ta sangle.

Gardant un œil sur Lilly, il se pencha pour accrocher ensemble les deux bouts de la sangle sous son ventre.

Un bruit soudain retentit dans la cour et fit sursauter la jument. Elle s'agita nerveusement. Steve ne réussit pas à s'éloigner à temps, et lorsque Lilly se cabra, il se retrouva projeté dans la poussière. Il roula sur lui-même pour s'éloigner le plus vite possible de ses sabots. La selle s'envola et un sabot atterrit juste à côté de sa tête. Il continua de rouler plus loin, jusqu'à ce que quelqu'un lui attrape le bras entre les barreaux de la clôture, et le fasse rouler en dessous pour le mettre à l'abri.

— Est-ce que tout va bien ? demanda la voix inquiète de Wilson.

— Oui, oui, répondit instinctivement Steve en serrant les dents et en attrapant son mollet.

Wilson repoussa sa main et remonta doucement sa jambe de pantalon.

— Vous allez avoir un énorme hématome, mais il n'y a pas de sang, déclara-t-il.

Steve songea que même si sa jambe avait été cassée, il n'aurait sans doute rien senti avec la main de Wilson qui le touchait si gentiment. Il tenta lentement de se relever. Sa jambe était un peu douloureuse, mais il pouvait se tenir debout et se déplacer. Avec précaution, il ramassa la couverture et la selle. Lilly le regarda en clignant ses grands yeux. Il n'allait pas s'arrêter en si bon chemin à cause d'une simple chute.

— Vous pouvez vous assurer que personne ne fasse trop de bruit autour du manège, s'il vous plaît ? demanda-t-il d'une voix très douce à Wilson, mais sans quitter Lilly du regard.

Wilson hocha silencieusement la tête, et s'éloigna. Steve replaça la couverture et la selle sur le dos de la jument. Elle le laissa serrer la sangle sans broncher, et il détacha la longe afin de la faire tourner autour du manège. En la faisant marcher au pas, il aperçut Wilson qui était revenu. Il les observait, appuyé contre la clôture.

Il fallut à Steve toute la volonté du monde pour ne pas se tourner vers lui toutes les deux minutes. Il abandonna d'ailleurs très vite, et finit par céder. Il n'était qu'humain, et la proximité de Wilson lui faisait perdre toute raison. Il commençait à se lasser de leurs regards en coin et d'ignorer la tension entre eux chaque fois qu'ils étaient seuls. En passant juste devant lui au prochain tour de manège, il lui offrit un immense sourire, et s'éloigna en balançant les hanches avec provocation.

Il lui faudrait du temps pour oublier toute la peine et la douleur de ce qu'il avait traversé, et il savait que les sbires de son père étaient encore probablement à sa recherche, mais il avait réussi à s'enfuir, c'était tout ce qui comptait. Il s'était affranchi du joug fanatique de son père, et il avait trouvé refuge ici. Il n'était pas fier de ce qu'il avait dû faire, mais il n'était là aujourd'hui qu'à force de courage et de détermination. Et s'il avait pu traverser une telle épreuve et y survivre, ce n'était certainement pas l'entêtement irrationnel de Wilson Edwards qui allait l'empêcher de le séduire.

Steve arrêta Lilly, et elle se tenait exactement là où il voulait qu'elle soit. Il se pencha avec exagération en faisant semblant de vérifier ses sabots, et s'autorisa un petit sourire satisfait en entendant Wilson prendre une grande inspiration derrière lui. Il mourrait d'envie de se retourner pour voir la réaction sur le visage de Wilson, mais il se força à rester concentré sur Lilly. La jument semblait plutôt docile jusqu'à présent, mais il savait qu'avec un jeune cheval aussi têtu qu'elle, tout pouvait basculer en un clin d'œil. Il se redressa, et continua à tourner autour du manège avec Lilly.

— Je n'aurais jamais cru assister à ça un jour, s'extasia, Dakota, en apparaissant aux côtés de Wilson. Elle n'a fait que mordre depuis que nous l'avons achetée. Même Wally se méfie d'elle, pourtant il s'occupe de lions et de tigres.

Wilson tourna vers lui un regard ahuri.

— Il dirige un centre de secours pour fauves, expliqua Dakota. Enfin, il l'appelle comme ça, mais en réalité c'est un refuge pour n'importe quel animal que plus personne ne veut. Il refuse simplement les reptiles. C'était ma limite, je ne supporte pas les serpents.

Wally avait présenté tous les animaux de son refuge à Steve pendant l'absence de Wilson, et le jeune homme avait été absolument fasciné. Jusqu'à ce que Shahrazade, l'un de ses tigres, essaie de lui envoyer un coup de patte.

— Vous devriez pouvoir la monter d'ici peu de temps, annonça Steve en se tournant vers Dakota. Chester aussi je pense, ils ont simplement besoin de réapprendre à faire confiance. Où les avez-vous achetés ?

— À une vente aux enchères de l'autre côté de la ville. Leur ancien propriétaire a la réputation d'être dur avec ses chevaux. Je les ai eus pour une bouchée de pain. Mais aucun d'entre nous n'avait réussi à les approcher.

— Il m'a fallu une semaine entière pour qu'elle accepte que je lui mette sa selle, et il me faudra probablement encore un mois avant de songer à la monter. Avec Chester, ça ira plus vite, je pense, mais pas de beaucoup. Le plus important, c'est de les laisser progresser à leur rythme.

Lilly commença à s'agiter. Steve reprit sa marche et elle le suivit docilement. Lorsqu'il se retourna, il vit que Wilson et Dakota étaient plongés dans une discussion sérieuse, mais que les yeux du chanteur étaient fixés sur lui. Il se demanda s'ils étaient en train de parler de lui, mais lorsqu'il s'approcha de nouveau, ils se turent brusquement, et Wilson avait l'air penaud.

— Est-ce que je peux essayer de faire un tour de manège avec elle ? demanda Dakota.

— Bien sûr, répondit Wilson en l'invitant à entrer dans l'enclos.

Dakota s'approcha lentement et, attrapa la longe en se positionnant à côté de Lilly. Steve recula doucement et quitta l'enclos pour rejoindre Wilson. Il observa, Dakota et Lilly, pendant quelques minutes, mais eut la très nette impression que le chanteur l'observait.

— Quelque chose ne va pas ?

— Je ne sais pas, répondit Wilson. Je viens de discuter avec Dakota, et je crois qu'il s'imagine des choses.

Steve ne put retenir un petit grognement. Dakota n'était pas le genre de personne à s'imaginer quoi que ce soit. Lui et Wally étaient sans doute les personnes les plus perspicaces qu'il avait jamais rencontrées.

— Qu'est-ce qu'a dit Dakota ? demanda Steve en se tournant vers Wilson pour le regarder dans les yeux.

Pour la première fois, il ne montra aucun signe d'hésitation et ne chercha pas à voiler ses émotions. Il était temps de faire clairement comprendre à Wilson qu'il était intéressé.

— Que je… commença Wilson, et Steve vit sa mâchoire tomber lorsque le chanteur comprit ce qui était en train de se passer.

— Que vous…

57

Steve se rapprocha lentement de lui, refusant de fermer les yeux. Si le chanteur l'embrassait, il était hors de question qu'il en manque une seule seconde.

— Je ne peux pas, murmura Wilson d'une voix rauque en commençant à s'éloigner.

— Bien sûr que si tu peux, protesta Steve avec assurance. Tu peux faire tout ce que tu veux. Arrête de te soucier de ce que penseront les autres.

— Tu travailles pour moi. Je ne devrais pas. Je… balbutia Wilson.

— Tu cherches des excuses.

Steve fit un pas en avant et il put sentir la chaleur provenant du corps de Wilson. Il voulait tendre sa main pour toucher son torse.

— Qu'est-ce que tu veux ? demanda le jeune homme. Si tu pouvais avoir tout ce que tu voulais… Qu'est-ce que ce serait ?

L'air crépitait entre eux et Steve n'avait aucune idée de ce que Wilson allait décider. Le doute et l'inquiétude emplissaient ses yeux et le jeune homme commença à se dire qu'il l'avait peut-être poussé trop loin. Puis, Wilson se rapprocha. Steve pencha légèrement la tête et leurs lèvres se rencontrèrent. Le dresseur ne savait pas trop à quoi s'attendre. Il n'y eut ni feux d'artifice ni musique divine. Rien d'autre que le plus tendre baiser de sa vie entière. Les feux d'artifice explosèrent lorsque la main de Wilson glissa dans ses cheveux pour approfondir le baiser.

— Je rêve de cet instant depuis le jour où je t'ai rencontré, murmura Wilson lorsqu'il s'éloigna.

— Moi aussi, répondit Steve en le tirant contre lui pour un autre baiser.

— Des bisous, des bisous ! entendit le jeune homme derrière lui et il fit un bond en arrière.

Alicia les regardait en riant.

— Tu l'embrassais. Les garçons ne doivent pas s'embrasser.

Elle continua à rire et à chanter comme si elle les avait surpris à faire quelque chose d'interdit, et Wilson se referma brusquement…

— Alicia ! appela Maria en les rejoignant. Tiens-toi bien.

— Mais ils s'embrassaient, dit la petite fille avec indignation.

— Oui, ils s'embrassaient. C'est ce que font deux garçons lorsqu'ils sont amoureux, lui expliqua sa mère en prenant la petite fille dans ses bras.

C'est parfaitement normal, et tu dois être plus gentille. Tu te souviens de notre conversation hier soir ? Si tu veux apprendre à monter sur un poney, tu dois te comporter comme une gentille petite fille.

Steve sourit à Maria qui lui retourna son sourire et lui adressa un clin d'œil.

— Maintenant, excuse-toi.

Alicia baissa son regard.

— Je suis désolée, dit-elle de manière adorable, puis elle regarda d'abord Wilson, puis Steve. Tu l'embrassais, dit-elle encore et de nouveau, elle fut submergée par un fou rire.

Maria semblait partagée entre l'exaspération et l'amusement.

— Le petit déjeuner sera prêt d'ici une demi-heure. Est-ce que je dois prévoir une personne de plus ? demanda-t-elle en se tournant vers Dakota.

— Maria, je te présente, Dakota. Lui et son partenaire Wally possèdent un ranch à quelques kilomètres d'ici, dit Wilson.

Steve guetta la réaction de Maria, mais elle accepta l'information sans ciller.

— Dakota, voulez-vous rester pour le petit déjeuner ? demanda-t-il en reprenant la longe de Lilly pour la ramener à la grange.

— Non, merci, c'est gentil, mais Wally m'attend à la maison. Vous faites un excellent travail avec les chevaux, Steve.

— Merci, répondit le jeune homme en souriant. Vous voulez la ramener dans son box ? Je la descellerai plus tard. Je veux qu'elle s'habitue à l'avoir sur le dos.

Dakota et Lilly disparurent dans la grange, puis Dakota ressortit, leur dit au revoir d'un geste de la main et se dirigea vers son pick-up.

Maria ramena Alicia à la maison. Steve se retourna vers Wilson, inquiet de sa réaction après cette interruption. Il craignait qu'il ne devienne distant et se comporte comme si rien ne s'était passé, mais au lieu de cela, le chanteur se pencha vers lui et prit sa main.

— Je crois qu'il faut que nous parlions tous les deux.

Steve n'était pas sûr d'apprécier l'idée, mais il acquiesça et ils se dirigèrent ensemble vers la maison. En s'approchant, Steve vit un petit visage plaqué à la fenêtre, et il entendit Alicia dire à sa mère que Wilson et lui se tenaient par la main.

Arrivé sur le seuil de la porte, Wilson relâcha sa main et poussa un soupir avant d'entrer.

Maria avait déposé un énorme petit déjeuner sur la table, et après avoir appelé Alicia, ils s'assirent tous. Malgré l'heure à laquelle il s'était levé, Steve n'avait pas faim. Il fixa Wilson pendant toute la durée du repas. L'air entre eux était électrique, et lorsqu'il jeta un coup d'œil à Maria, il remarqua qu'elle avait les yeux fixés sur eux. Quand il eut terminé, Wilson se leva de table, fit sa vaisselle, et quitta la maison sans ajouter un mot. Steve était sur le point de se lever pour le suivre, mais Maria posa une main sur son bras.

— Señor Wilson est un homme très privé. Il se produit sur scène tout le temps, et il a peur que les gens ne puissent aimer que la star, et pas le véritable lui. Je travaille pour lui depuis huit ans et je sais qu'il n'est pas heureux en ce moment. J'espère que ce déménagement l'aidera à retrouver le sourire, mais il faut lui laisser du temps.

Maria s'interrompit et le regarda dans les yeux pendant un long moment, comme pour souligner l'importance de cette information.

— Maintenant, mangez. Vous êtes trop maigre.

Elle déposa quelques pancakes supplémentaires dans son assiette, et Steve commença à manger.

Après le petit déjeuner, Wilson emmena Maria et Alicia en ville. Steve travailla avec Chester en gardant un œil sur la route, sans plus savoir qui il guettait vraiment : Wilson ou les sbires de son père. Un véhicule s'engagea dans l'allée. Il ne le reconnut pas, mais n'eut pas le temps de se cacher. Si c'était les hommes que son père avait envoyés, il était complètement fichu.

— Haven ! s'exclama-t-il en reconnaissant le cow-boy qu'il avait rencontré chez Wally et Dakota. Comment allez-vous ?

— Très bien, répondit-il en se dirigeant vers l'enclos. Est-ce que c'est Chester ? Il a l'air en bonne santé. J'ai toujours cru que j'avais un bon contact avec les chevaux, mais celui-ci ne voulait rien entendre.

Haven tendit la main et tapota le cou du cheval.

— Vous avez besoin de quelque chose ? demanda Steve en ramenant le cheval à la grange.

Haven le suivit à une distance raisonnable, soucieux de ne pas rester trop près des sabots de Chester.

— Dakota a oublié de vous inviter au barbecue qui aura lieu au ranch dans quelques semaines. C'était l'une des raisons pour lesquelles il est venu ce matin, mais il a été tellement étonné par votre travail avec les chevaux qu'il a totalement oublié.

Steve remit Chester dans son box et Haven lui tendit une invitation en papier cartonné.

— Je peux vous poser une question ? demanda Steve, et Haven hocha la tête.

— Bien sûr.

— Est-ce que c'est compliqué d'être gay dans la région ? demanda-t-il, la gorge nouée.

C'était une question difficile à poser, il n'avait pas l'habitude de parler de ça.

Haven haussa légèrement les épaules.

— Ni plus ni moins qu'ailleurs, j'imagine. En règle générale, les gens se mêlent de ce qui les regarde, mais il m'est arrivé d'avoir à me battre.

Haven eut un petit sourire ironique.

— C'est à Wally qu'il faudrait demander ça, c'est lui le spécialiste des bagarres.

Steve fronça les sourcils.

— Vous voulez dire, Dakota ?

Il imaginait sans mal le grand cow-boy coller une raclée à quiconque oserait lui reprocher sa sexualité.

— Non, non, je parle bien de notre petit Wally. Je l'ai vu mettre à terre des hommes qui faisaient trois fois sa taille avec très peu d'efforts.

L'expression de Haven se radoucit.

— Écoute Steve, ça ne t'embête pas si je te tutoie ? Nous devons avoir pratiquement le même âge. Je ne veux pas t'inquiéter inutilement. Même si nous avons eu quelques expériences malheureuses, la plupart des gens du coin sont ouverts d'esprit. Et puis, tu n'es pas tout seul. Il y a Dakota et Wally, Phillip et moi. Tous les gens d'ici savent très bien que nous vivons ensemble. Il y a également David et Mario que tu n'as pas encore rencontrés et qui sont très appréciés par tous les habitants. Nous sommes tous des membres à part entière de la communauté. Je sais que le Wyoming a une mauvaise réputation, mais je ne pense pas que ce soit pire ici qu'ailleurs. Pour être honnête, je n'ai jamais été aussi heureux que depuis que je me suis installé ici.

— Ça ne pourra jamais être pire que l'endroit d'où je viens, commenta Steve.

En lisant la curiosité dans le regard yeux de Haven, il le regretta aussitôt.

— Malheureusement, bien souvent chacun se fait son opinion sur l'homosexualité, et il est difficile de faire changer les gens d'avis. Je n'ai jamais avoué à mon père que j'étais gay, c'était une pourriture homophobe et il m'aurait tué sans hésiter. Le père de Dakota en revanche l'a toujours accepté tel qu'il était.

— Mon père ne l'acceptera jamais, répondit Steve. Comme tu l'as dit, il s'est déjà fait son opinion, et rien que je peux faire ne la changera.

— Je suis désolé d'entendre ça Steve.

— Ce n'est pas de ta faute. Merci de m'avoir écouté en tout cas.

— Pas de problème, déclara Haven avec un sourire en se dirigeant vers la porte. Si l'on ne se revoit pas, je te dis rendez-vous au barbecue.

Haven lui adressa un geste de la main avant de partir et Steve entendit les pneus de son pick-up crisser sur le gravier en quittant la cour du ranch.

Steve se sentait déprimé. Il savait qu'il devait parler de sa situation à Wilson. Le ranch était déjà devenu une véritable maison pour lui, il ne voulait pas avoir à partir. Il s'apprêtait à quitter la grange, lorsqu'il entendit un autre véhicule approcher. Le ranch était un véritable hall de gare aujourd'hui ! Il se cacha derrière la porte de la grange, le cœur battant. C'était ridicule, il ne pouvait pas passer le reste de sa vie comme ça. Il risquait de mettre Wilson, Maria et Alicia en danger s'il restait ici plus longtemps. La seule pensée de partir lui déchirait le cœur.

Le véhicule s'approcha et Steve attendit. Il l'entendit ralentir et se garer devant la maison. En reconnaissant le pick-up de Wilson, le jeune homme poussa un long soupir de soulagement. Le chanteur quitta le véhicule et claqua violemment la portière derrière lui.

— Steve ! cria-t-il d'une voix sévère en entrant dans la grange.

Le jeune homme ne lui avait jamais entendu ce ton avant, et il sentit son estomac se serrer.

— Je crois que tu me dois une explication !

62

Les yeux de Wilson brûlaient de colère. Steve ne savait pas comment réagir. Il resta là tétanisé et silencieux.

— Il y avait des hommes à ta recherche en ville. J'ai d'abord pensé que c'était des journalistes, mais lorsque je me suis approché d'eux, ils ne m'ont même pas regardé. Je les ai interpellés et ils m'ont montré une photo de toi en me demandant si je t'avais déjà vu.

La bouche de Steve s'assécha.

— Que leur as-tu dit ?

— J'ai dit que je t'avais vu quelques jours auparavant et que je t'avais déposé près de l'entrée de l'autoroute, au sud de la ville. Je ne sais pas s'ils m'ont cru, mais ils en ont eu l'air.

La voix de Wilson était glaciale.

— Maintenant que j'ai menti pour toi, je pense que je mérite une explication. Pourquoi ces hommes sont-ils à ta recherche ?

Wilson prit une profonde inspiration et, sans lui laisser le temps de répondre, il poursuivit :

— Tu m'as dit que personne n'était après toi, tu m'as menti. Avec le recul, j'imagine que j'aurais dû m'en douter. La façon dont tu as caché ton pick-up, la manière dont tu trembles chaque fois que quelqu'un vient ici. Ces hommes sont-ils venus au ranch ?

Steve hocha la tête, se souvenant s'être recroquevillé sous la fenêtre de la salle de séjour pour rester hors de vue.

— J'avais peur que tu me renvoies si tu savais la vérité, murmura-t-il.

Le visage de Wilson se radoucit.

— Et si tu m'expliquais enfin ce qui se passe afin de me permettre de prendre mes propres décisions ?

Sur ces mots, Wilson sortit de la grange et retourna vers la maison. Steve savait que le moment était venu de décider si oui ou non, il avait confiance en lui. Bien sûr, Wilson lui avait tendu une main quand personne d'autre n'avait semblé lui accorder, ne serait-ce qu'un regard, pas même les personnes dont il se croyait aimé. Mais était-ce suffisant ? Steve était fatigué. Fatigué d'avoir peur, de fuir, de mentir. Peut-être était-il temps d'affronter son passé. Il prit une grande inspiration, et suivit Wilson vers la maison.

Maria travaillait dans la cuisine et Alicia était assise sur le sol du salon à jouer avec ses jouets. Steve suivit Wilson jusque dans sa chambre, et s'arrêta sur le seuil. L'homme s'assit dans un fauteuil et indiqua le lit d'un signe de tête.

— Je savais qu'il faudrait que nous parlions tous les deux, mais je dois t'avouer que ce n'est pas du tout à ce genre de discussion que j'avais pensé. Qui sont ces gens qui te cherchent ? Dois-tu de l'argent à quelqu'un ?

Steve secoua négativement la tête. Si seulement ce n'était que ça.

— Ces hommes sont des adeptes de mon père. Je pense qu'ils essaient de me retrouver pour me ramener chez moi.

Steve prit une profonde inspiration.

— Écoute, Wilson, je ne t'ai jamais menti, pas une seule fois. Je n'ai jamais rien fait de mal, sauf peut-être le jour où j'ai admis à mon père que j'étais gay.

— Depuis combien de temps fuis-tu ces hommes ? demanda Wilson d'une voix douce, mais ferme.

— Je les ai vus pour la première fois juste après ton départ. Je me suis caché et ils ne m'ont pas vu. J'avais espéré qu'ils s'en iraient. Malheureusement, quelqu'un a dû leur dire qu'il m'avait vu en ville, parce que je les ai revus plusieurs fois depuis.

Steve regardait le sol, incapable de croiser les yeux de Wilson. Il avait été si heureux après qu'il l'eut embrassé et maintenant, cela ne se reproduirait sans doute plus jamais.

— Je crois que je les ai vus aussi, acquiesça Wilson. Pourquoi continuent-ils à te rechercher ?

— Parce que mon père a peur pour mon âme. Du moins, c'est ce qu'il dit.

— Ton père est un prêtre ? demanda Wilson, et le jeune homme secoua la tête.

— C'est le chef d'une secte. Il aime se prendre pour un prêtre bienveillant qui guide son troupeau, mais la vérité c'est qu'il contrôle la vie de tous les gens qui vivent dans le campement. J'ai vu un reportage sur nous aux informations un jour où j'ai pu me faufiler au-dehors et regarder la télévision. Au début, j'ai cru que le reportage était truqué, qu'il ne s'agissait que des ragots des « médias libéraux » comme les appelait mon père.

Steve essaya de garder sa voix aussi neutre que possible.

64

— Et puis, il y a six mois, mon père m'a surpris avec un autre garçon. Nous ne faisions que nous embrasser, mais il est entré dans une telle rage qu'il m'a enfermé dans une toute petite pièce. Je ne sais pas combien de temps j'y suis resté, mais je me suis endormi sur le sol, et lorsque je me suis réveillé, j'étais à « l'hôpital » du campement.

Steve sentit sa gorge commencer à se serrer. Il se souvint de la peur de se réveiller attaché à un lit, entouré de personnes inconnues, sans savoir où il était ni ce qui allait lui arriver.

— Ils devaient droguer ma nourriture parce que je ne me souviens de rien entre la pièce noire et l'hôpital. Après m'être réveillé pour de bon, un homme immense est entré dans ma chambre. Il m'a détaché, m'a aidé à m'asseoir sur le lit et m'a fait traverser un grand couloir qui conduisait à une sorte de salle des prières.

Steve ferma les yeux et se sentit commencer à trembler. À sa grande surprise, le lit s'affaissa et Wilson passa ses bras autour de lui.

— Tu n'as pas besoin d'aller plus loin si tu ne te sens pas prêt à en parler. Dis-moi simplement pourquoi ton père a envoyé ces hommes à ta recherche.

Steve savait que si son père remettait la main sur lui, il finirait dans un endroit encore bien pire que « l'hôpital ».

— Il ne laisse jamais aucun de ses adeptes partir. Il dit que c'est pour le bien de leurs âmes, mais je sais maintenant que c'est seulement pour nourrir sa soif démente de pouvoir. Au campement, sa parole fait loi, et quiconque s'y oppose commet un délit.

Steve cessa de trembler, mais Wilson ne le relâcha pas.

— Après environ une semaine à l'hôpital... le complexe... je ne sais pas vraiment comment l'appeler, mais après une semaine, j'ai décidé de jouer le jeu. J'ai donc répondu à leurs questions, je ne me suis pas débattu, et lorsqu'ils m'ont accordé une plus grande liberté, j'en ai profité. Après une autre semaine, je me suis enfui. J'avais un peu d'argent dont mon père ne savait rien et j'en ai utilisé une grande partie pour acheter le pick-up qui m'a servi à venir jusqu'ici. J'étais parvenu à trouver une annonce pour un travail sur internet, et j'y ai répondu. La secte a dû lire mes mails lorsque j'étais à l'hôpital. Je sais que les hommes qui sont après moi sont des adeptes de Papa et qu'ils ne s'arrêteront que lorsqu'ils m'auront retrouvé. Ce sont des fanatiques, comme mon père.

— Comment as-tu réussi à contacter Madame Henfield ? demanda Wilson.

— Ça faisait un moment que je songeais à m'enfuir, mais pour ça, il fallait que je trouve du travail, alors je me suis glissé à quelques reprises dans la bibliothèque où ils avaient des ordinateurs. J'ai trouvé son annonce sur un site de dressage de chevaux.

Steve se dégagea des bras de Wilson pour se lever. Il ne pouvait pas le regarder en pensant à ce qu'il avait dû faire pour manger et payer son essence afin de s'éloigner le plus vite et le plus loin possible du Texas où vivait son père.

— Je me suis débrouillé comme j'ai pu, et j'ai fini par atterrir ici. C'est là que je t'ai rencontré.

Steve se dirigea vers la porte. Il se retourna et ouvrit la bouche pour ajouter quelque chose, mais aucun son ne sortit. Il passa la porte et s'engagea dans le couloir. Il se rendit dans la chambre que Wilson lui avait permis d'utiliser, ouvrit la porte du placard et récupéra son vieux sac.

# V

Assis sur le bord de son lit, Wilson pouvait entendre le bruit des cintres dans la chambre d'à côté. Steve était probablement en train de faire ses valises. Il était encore estomaqué par les récentes révélations du jeune homme. Comment son père avait-il pu lui faire ça ? Emprisonner, torturer et traquer son propre fils, simplement parce qu'il était gay. Il fixa la porte de sa chambre, le cœur lourd. Steve était un jeune homme merveilleux qui ne méritait pas d'être traité ainsi. Chaque fois qu'il fermait les yeux, Wilson revoyait son grand regard sombre, hanté par ses souvenirs.

Il rouvrit brusquement les yeux. Ce regard... Ce n'était pas pour son père. C'était pour lui. Steve était sur le point de sortir de sa vie et il restait là assis à ne rien faire. Il bondit sur ses pieds, et se précipita dans le couloir. Il vit que la porte de la chambre de Steve était fermée, mais il l'entendait encore se déplacer à l'intérieur. Il tourna la poignée et ouvrit. Steve se tenait au pied de son lit, son vieux sac de sport à la main. Il avait l'air perdu, son sac serré contre sa poitrine, comme s'il avait besoin de se protéger.

— Steve, ne pars pas, le supplia Wilson.

— Tu seras plus en sécurité si je m'en vais, répondit le jeune homme. Ils n'abandonneront pas tant qu'ils ne m'auront pas mis la main dessus. Mon père leur a mis en tête qu'il m'avait trouvé une sorte de vocation religieuse et ils me chercheront éternellement s'il le faut.

Wilson s'avança dans la pièce.

— Je ne veux pas que tu partes.

La simple pensée qu'il franchisse cette porte et ne revienne jamais le révoltait. Chaque particule de son être lui hurlait de ne pas le laisser partir. Il ne connaissait peut-être pas tous les détails de son histoire, mais il était sûr d'une chose, s'il laissait Steve partir, il le regretterait toute sa vie. Wilson ne savait pas exactement ce qu'il ressentait pour le jeune homme, il ne savait même pas s'il était vraiment prêt pour une relation avec un autre homme. Mais il savait que devant lui, se tenait la seule personne qui contribuait à le faire se sentir moins perdu. Les désirs qu'il avait réprimés pendant des années remontaient à la surface, et même sa musique n'était d'aucun secours.

— Je ne veux pas partir non plus. Mais en restant ici, je vous mets tous en danger.

Steve laissa tomber son sac sur le sol.

— Tu as été tellement gentil avec moi, je ne me le pardonnerais jamais s'il t'arrivait quoi que ce soit.

— Il ne m'arrivera rien. Tu ne devrais pas avoir à vivre caché. Si ces hommes reviennent, je les accueillerais comme il se doit. Tu ne peux pas courir te cacher dans la grange chaque fois qu'une voiture passe sur la route.

Il se rapprocha doucement de Steve.

— Et pour le reste…

— Le reste ? demanda Steve en écarquillant les yeux. Oh ! Tu veux dire nous.

— Oui, dit le chanteur en s'arrêtant en face de lui. Tu sais ce que ça coûterait à ma carrière si mon homosexualité était dévoilée. Sans parler de ce que nous subirions au quotidien. Les paparazzis commenceraient à venir fouiner, surtout si on apprend que je suis impliqué dans une relation avec un jeune cow-boy que j'ai employé.

Wilson savait que ce qu'il ressentait pour Steve était plus qu'un désir de combler sa solitude.

— J'ai peur et je suis prêt à l'admettre.

— Je connais cette peur. Ça fait des mois que je vis avec elle. Durant tout le temps où j'étais à l'hôpital, mon père ne m'a rendu visite qu'une seule fois, et c'était pour me demander si j'étais prêt à cesser d'agir comme un animal. Je me suis tenu face à lui, et je lui ai répondu que j'étais gay, pas un animal. J'ai pensé qu'il allait me frapper, mais il s'est simplement détourné. Je sais ce que c'est d'avoir peur, mais avant de m'enfuir, j'ai dû décider si tenter ma chance et sauter dans l'inconnu était mieux ou pire que de passer des mois dans un endroit où on essaierait de me transformer en quelque chose que je ne suis pas. Et tu sais ce que j'ai découvert ?

Wilson secoua la tête.

— La peur est pire que la réalité. Je n'avais aucune idée comment j'allais survivre loin de ma communauté, loin des gens que j'ai connus durant toute ma vie, mais j'ai survécu.

— Ton père t'a-t-il toujours surveillé comme ça ? demanda Wilson, en tendant une main pour attraper la sienne.

— Ça a empiré après la mort de ma mère, mais personne n'osait rien dire, personne ne s'oppose mon père. Pour autant que je sache, je suis la première personne à quitter la secte, expliqua Steve et Wilson lui serra la main. Enfin, en dehors de Kyle. C'est le garçon que j'avais embrassé, mais personne ne sait ce qui lui est arrivé. Je ne l'ai jamais revu après l'incident.

Sa voix était pleine de tristesse.

— Étais-tu amoureux de lui ? demanda Wilson, surpris par la douleur et la jalousie qu'il ressentait.

Il n'avait jamais pensé que Steve puisse aimer quelqu'un d'autre. Sans même y penser, il resserra son emprise sur sa main.

— Je ne pense pas. Kyle et moi nous connaissions depuis que nous étions tout petits, c'était un très bon ami. En grandissant, nous avons découvert que nous aimions… les mêmes choses, si tu vois ce que je veux dire. Nous avons expérimenté ensemble, parce que nous étions curieux, mais il ne s'agissait que de moments volés. Nous avions tous les deux tellement peur de nous faire prendre. Et ça a quand même fini par arriver.

Steve poussa un grand soupir. Wilson savait qu'il ne lui avait pas tout dit, mais c'était assez pour le moment. Le jeune avait l'air à bout de force.

Un léger coup sur la porte attira leur attention, et sortit Steve de ses sombres pensées. Wilson ouvrit la porte et trouva Maria debout dans l'embrasure.

— Je sais qu'il est tard, mais le déjeuner est prêt.

— Merci, Maria, nous arrivons tout de suite, déclara Wilson en jetant un coup d'œil au jeune homme derrière lui.

Elle hocha simplement la tête, sans poser toutes les questions qui lui brûlaient visiblement les lèvres, et Wilson referma doucement la porte.

— Qu'est-ce que tu veux savoir d'autre ? demanda Steve, d'une voix tremblante.

Wilson reprit sa main.

— Je crois que tu as eu assez d'émotions pour aujourd'hui. Je me doute bien que ton histoire ne s'arrête pas là, je le lis sur ton visage, mais si tu ne te sens pas prêt à en parler, ce n'est pas grave.

Wilson avait toutes les informations nécessaires pour le protéger, lui et le ranch. C'était tout ce dont il avait besoin.

— Tu n'es pas obligé de tout me dire non plus, nous avons tous des secrets, c'est humain.

Steve garda les yeux obstinément fixés sur ses chaussures.

— C'est juste que…

Wilson posa un doigt sous son menton pour relever son visage. Il n'était pas sûr de ce qu'il y voyait ; de la douleur, de la honte, sans doute un peu des deux.

— Prend tout ton temps. Tu m'en parleras quand tu seras prêt.

Il avait demandé au jeune homme de lui parler de son passé, il lui semblait normal à présent, de lui révéler un peu de sa propre histoire.

— Il y a de ça quelques années, j'ai rencontré quelqu'un, commença-t-il, la voix nouée par l'émotion et les regrets. Son nom était Clay. Je suis tombé follement amoureux de lui et, je pensais qu'il m'aimait aussi. Mais j'ai vite découvert que ce n'était pas le cas. Il s'est avéré que tout ce qui l'intéressait, c'était d'être avec Willie Meadows, et de profiter de mon argent et de mon influence.

Steve serra Wilson dans ses bras dans une étreinte féroce.

— Je ne sais pas qui est ce Clay, mais je sais que s'il a préféré profiter de ton statut plutôt que d'apprendre à découvrir l'homme merveilleux que tu es, alors c'est un imbécile.

Enhardi par ses mots, Steve cessa de réfléchir et embrassa enfin Wilson. Il aurait voulu que cet instant de connexion entre eux dure pour toujours. Et dire qu'une demi-heure plus tôt, il avait failli quitter le ranch pour de bon. Le jeune homme fit glisser sa langue sur les lèvres du chanteur, comme s'il demandait l'autorisation d'entrer, et elles s'entrouvrirent immédiatement. Wilson le désirait tellement. Il sentit son membre dur, prisonnier de son jean, pulser au rythme des battements de son cœur. Steve glissa ses doigts derrière sa nuque pour approfondir le baiser. Toutes ses inquiétudes et préoccupations momentanément oubliées, il se concentra sur l'instant présent, sur la sensation des lèvres de Wilson contre les siennes.

— Il faut que nous allions manger et que nous déchargions le pick-up, haleta Wilson en reculant.

Le jeune homme hocha la tête et sourit, avant de l'embrasser de nouveau. Wilson s'abandonna au baiser.

Lorsqu'ils réussirent enfin à se détacher l'un de l'autre, ils allèrent déjeuner et Maria leur lança des regards lourds de sens. Wilson dut mordre l'intérieur de ses joues afin de s'empêcher de sourire.

LA SEMAINE suivante, le ranch fut très calme. Les affaires de Maria étaient arrivées et les meubles que Wilson avait achetés furent livrés. La maison avait l'air plus accueillante et ils n'étaient plus obligés de faire du camping à chaque repas. Le plus dur pour Wilson était les nuits. Tant de fois, il avait voulu frapper à la porte de Steve, mais quelque chose le retenait. Ils s'embrassaient et se touchaient beaucoup, mais ils n'étaient pas encore allés plus loin. Il était évident que Steve était plus que prêt à passer à l'étape supérieure, seul Wilson les en empêchait. Il avait peur. En ville, tout le monde commençait à savoir qu'il était un célèbre chanteur de country. Pour une grande partie, ils le laissaient tranquille et respectaient sa vie privée, mais ils ne pouvaient pas s'empêcher de le surveiller du coin de l'œil, et Wilson n'était pas certain d'être prêt à supporter leur jugement s'ils apprenaient pour Steve.

— C'est la vente aux enchères aujourd'hui, non ? lui demanda Steve alors qu'il ramenait Lilly du manège à son box.

Elle acceptait presque tous les ordres du jeune homme maintenant. Elle lui avait même permis de la monter sans essayer de le mordre.

— Oui. Il faudrait que nous partions d'ici une demi-heure, répondit Wilson, et le jeune homme se dépêcha de terminer ce qu'il faisait.

Après s'être assuré que les chevaux avaient tout ce qu'il leur fallait, il attendait près du pick-up lorsque Wilson descendit les marches du perron.

Le trajet jusqu'à la vente aux enchères dura environ une demi-heure. Dakota et Haven avaient accepté de les retrouver là-bas. Ils leur

71

avaient même proposé de leur prêter leur remorque pour leurs achats de chevaux. Steve était surexcité, et dès qu'ils arrivèrent, il disparut dans la foule pour regarder les chevaux.

Wilson erra à son tour dans les différentes granges, et finit par retrouver Steve qui se tenait devant un box avec un cheval blond, qui lui donnait de gentils coups de tête, à la recherche de friandises.

— Il devrait faire un bon cheval de selle. Il est sympathique et semble avoir bon caractère.

— Et pour le poney d'Alicia ? demanda Wilson.

Steve le conduisit à la grange où étaient exposés les poneys, et ensemble, ils en examinèrent plusieurs. Wilson n'avait aucune idée de ce qu'il était censé regarder ou de ce qu'il cherchait, il laissa donc le jeune homme le guider. Steve s'arrêta devant deux poneys qui semblaient lui convenir.

La vente débuta, et tout le monde suivit le commissaire-priseur jusqu'à l'estrade d'exposition. Il parlait tellement vite que Wilson peinait à notes les offres qui l'intéressaient. Il guetta attentivement l'annonce du premier poney qu'ils convoitaient. Il remporta la vente sans trop de problèmes, et s'imaginait déjà la réaction extatique d'Alicia lorsqu'elle le verrait.

— Nous passons maintenant à ce magnifique cheval. Il est un peu âgé, parfait pour un cavalier débutant. Très bon caractère, il a juste besoin d'un peu d'attention.

Le cheval essaya de renifler le chapeau du commissaire-priseur qui caressa son nez avec un sourire. Dès qu'il lança les enchères, Wilson souleva la plaque portant le numéro qui lui avait été attribué. Steve le poussa du coude.

— Pourquoi ce cheval ?

— Il nous faut un cheval pour apprendre à monter à quelqu'un, dit Wilson en levant à nouveau sa plaque pour placer son offre, essayant de diviser son attention entre le commissaire-priseur et Steve.

Le jeune homme le regardait sans comprendre.

— À qui ? Maria ?

Wilson se pencha vers lui.

— Moi, murmura-t-il et, les yeux de Steve s'écarquillèrent.

— Tu ne sais pas monter à cheval ? demanda-t-il, Wilson secoua la tête. Alors pour qui est l'autre ? demanda-t-il en regardant le quarter horse blond sur lequel Wilson avait mis une option.

— J'ai pensé que tu aurais besoin d'avoir ton propre cheval, dit le chanteur, et Steve lui offrit un sourire éclatant.

Le commissaire-priseur accepta son offre, et le marteau tomba. Wilson venait de s'acheter un cheval à très bon prix. Il leur fallut attendre près d'une heure avant que ne soit présentée la vente du cheval que Steve avait choisi. L'étalon semblait être le clou du spectacle.

— Un très bon étalon quarter horse pure race, commença le commissaire, un véritable atout dans une écurie.

Il s'étendit en commentaires sur les qualités du cheval pendant de longues minutes, sous le regard ahuri de Wilson qui commençait à se demander si ce cheval était magique. Lorsque la vente démarra et que le prix de départ fut mentionné, Wilson se retourna vers Steve et le vit déglutir difficilement. Manifestement, il ne s'était pas attendu à ce qu'il démarre aussi haut. Wilson leva sa palette et continua d'enchérir. Un par un, les autres enchérisseurs abandonnèrent, jusqu'à ce qu'il ne reste plus que Wilson et un autre homme, qui semblait tout aussi déterminé. À côté de lui, sa femme le poussa du coude. La pièce était plongée dans un silence surréaliste, tout le monde attendait de voir jusqu'où allait monter l'enchère.

— Chéri, tu te bats contre Willie Meadows ! cria soudain la femme de l'autre enchérisseur.

Sous le coup de la surprise, l'homme oublia de lever sa palette pour la dernière enchère, et Wilson remporta le cheval. Il tremblait d'excitation. Steve leva sur lui un regard d'adoration et d'étonnement.

— Félicitations, qu'est-ce que vous allez faire d'un cheval de ce calibre ? demanda, Dakota, en se joignant à eux, suivi de Haven. Vous venez de faire sensation en l'achetant.

Trois regards inquisiteurs se posèrent sur lui, et Wilson se mit à rire.

— Je l'ai acheté pour Steve. Je ne m'attendais pas à ce qu'il coûte aussi cher.

La prochaine fois, il passerait un peu plus de temps à regarder les cotations, et un peu moins à dévorer Steve des yeux.

— Je vais aller payer mes achats et remplir toute la paperasserie nécessaire, ensuite nous pourrons charger les chevaux.

Qu'allait-il bien pouvoir faire d'un cheval à 30 000 dollars ? Il n'en savait rien, pour lui, ce n'était qu'un cheval comme un autre.

Wilson se fraya un chemin à travers la foule et se dirigea vers le bureau du commissaire-priseur. La foule s'ouvrit devant lui et il entendit les gens chuchoter sur son passage. Il aurait certainement dû réfléchir un peu plus avant de se présenter comme ça, devant tout le monde. Il avait gardé un profil bas jusqu'à présent, mais maintenant, tout le monde en ville allait apprendre ce qui s'était passé aujourd'hui. Wilson savait que cela arriverait tôt ou tard, mais il avait secrètement espéré que ce serait beaucoup, beaucoup plus tard. Arrivé au bureau, il expliqua qui il était et la femme qui s'occupait des règlements leva les yeux de ses papiers et rougit instantanément.

— Ne soyez pas intimidé, dit-il le plus gentiment possible. Je suis une personne comme une autre.

Elle lui fit signer les papiers nécessaires, et il lui tendit sa carte de crédit. Elle la regarda plusieurs fois avant de relever les yeux vers lui, l'air indécis.

— Vous n'acceptez pas les American Express ? demanda-t-il.

— Non, monsieur, c'est juste que... Je ne connais pas ce modèle.

— C'est une carte noire, expliqua-t-il gêné. Je pense qu'elle devrait passer.

Il aurait dû penser à prendre un autre moyen de paiement. La jeune femme hocha la tête, passa sa carte dans la machine et quelques secondes plus tard le téléphone de Wilson sonna. C'était sa banque. Après avoir répondu à quelques questions, la transaction fut approuvée et il signa le bordereau. Il était officiellement propriétaire de trois chevaux, et le temps qu'il se retourne, Dakota, Steve et Haven les avaient déjà chargés dans la remorque, et ils se mirent en route pour le ranch.

— Je n'arrive pas à croire que j'ai choisi le cheval le plus cher de la vente, déclara Steve mortifié, une fois dans le pick-up.

Wilson hocha la tête, concentré sur la remorque contenant les chevaux devant eux.

— Tu as su reconnaître sa valeur sans connaître son prix, sourit-il. Où as-tu appris à travailler avec les chevaux ?

— Avant que la soif de pouvoir de mon père ne devienne incontrôlable, l'esprit de la communauté était très écologique, nous prônions un style de vie en harmonie avec la nature. Il n'y avait pas vraiment de voitures ni d'équipement agricole, et nous travaillions beaucoup avec les animaux.

Steve regarda le paysage défiler à travers la fenêtre.

— Et puis, lorsque mon père a pris la tête de la secte, les choses ont commencé à changer. Des changements subtils et progressifs, si bien que la plupart des gens n'ont pas réalisé ce qui se passait, jusqu'à ce qu'il soit trop tard.

Le jeune homme se retourna vers lui.

— Tout le monde dans la communauté avait un travail à faire, et le mien était de prendre soin des chevaux. J'ai commencé quand j'avais huit ans, et ça a duré jusqu'à ce que mon père me jette dans cette petite pièce froide en béton.

Wilson écrasa les freins, manquant de leur faire traverser le pare-brise à tous les deux.

— Il a quoi ? cria-t-il, et Steve tressaillit en s'éloignant instinctivement. Qu'est-ce que ton père t'a fait ? demanda-t-il, une fois le choc de la surprise passé. Il t'a enfermé dans une cellule en béton ?

Steve hocha la tête et Wilson tenta de reprendre le contrôle de sa respiration. Il s'agrippait si fort au volant que ses articulations blanchirent contre le cuir.

— Après qu'il a découvert que j'étais gay, il m'a enfermé dans un réduit souterrain en béton. Je te l'ai déjà dit, rappela-t-il d'une petite voix. Il n'y avait pas de lumière, et je me souviens que j'étais mort de froid, ce qui est presque impossible au Texas.

— Je pensais qu'il t'avait enfermé dans ta chambre, pas dans un trou !

Wilson se força à se calmer.

— Je suis en colère contre ton père, pas contre toi. Aucun parent ne devrait faire à subir ça à son enfant.

Un klaxon retentit derrière eux et Wilson redémarra. Une partie de sa colère s'était peut-être dissipée, mais pas sa détermination à voir cet homme puni.

— Est-ce que tu crois que les gens qui sont à ta recherche seraient prêts à t'enlever pour te ramener ?

Steve hocha la tête, les yeux remplis de peur.

— Je pense que mon père est prêt à tout pour me ramener.

Wilson ne savait pas quoi dire, mais il ne laisserait personne emmener Steve là où il ne voulait pas aller. Ils n'avaient pas recroisé les hommes qu'il avait vus en ville, et il était d'un optimisme prudent, mais il resterait sur ses gardes.

ILS ARRIVÈRENT au ranch et déchargèrent les chevaux, au son des grands cris de joie d'Alicia qui venait de découvrir le poney.

— Est-ce que je peux monter dessus ? demanda-t-elle, excitée.

— Il faut d'abord lui trouver une selle et demander l'autorisation à ta maman, répondit Steve.

— Je vais voir avec Wally s'il veut bien passer tous les ausculter pour s'assurer qu'ils sont en pleine forme, mais je ne suis pas inquiet, ils me semblent tous en bonne santé, les rassura Dakota. Il y a une excellente sellerie en centre-ville, vous devriez pouvoir y trouver tout ce dont vous avez besoin.

Haven fit sortir le dernier cheval de la remorque, celui sur lequel Wilson comptait apprendre à monter, et le conduisit jusqu'à la grange.

— Est-ce que tu voudrais que je t'apprenne à monter ? demanda Steve incertain.

—J'espérais que tu me le proposerais, confessa Wilson en souriant.

À quelques mètres d'eux, Haven céda aux supplications d'Alicia, la souleva délicatement, et la posa sur le dos de son poney. Elle jeta aussitôt ses bras autour du cou de l'animal pour lui faire un câlin

— Nous pouvons commencer dès que nous rentrerons de la sellerie si tu veux, proposa Steve.

Le jeune homme lui adressa un sourire, puis entra dans la grange pour s'assurer que ses nouveaux pensionnaires étaient tous bien installés.

Maria les appela pour le déjeuner, et Dakota et Haven se joignirent à eux. C'était la première fois que toutes les chaises autour de la table étaient remplies, et Wilson espérait que ce ne serait pas la dernière.

— J'ai fini, Maman, dit Alicia après seulement deux bouchées, avant de se précipiter vers la fenêtre.

— Vous réalisez qu'elle va vouloir dormir dans le box avec son poney ? dit alors, Dakota à Maria. J'ai fait pareil quand j'avais son âge.

Maria se mit à rire puis regarda Alicia qui avait le visage collé à la vitre.

— Je te préviens, tout de suite, jeune fille, il est hors de question que tu dormes avec ce poney, la gronda-t-elle doucement, et tout le monde éclata de rire à l'immédiate et dramatique expression de déception sur le petit visage d'Alicia.

Après le repas, Dakota et Steve insistèrent pour faire la vaisselle, et Maria ne rechigna que pour la forme, avant de leur laisser le champ libre. Une fois tout nettoyé, Dakota et Haven rentrèrent chez eux, et Steve se dirigea vers la grange. Wilson attrapa sa guitare et s'assit sur le porche, espérant trouver l'inspiration. Il s'était passé beaucoup de choses cette semaine, et chaque jour, il se sentait un peu mieux dans sa peau, mais malgré ses tentatives, les idées pour de nouvelles chansons n'arrivaient pas. Mu par l'habitude, il se mit à fredonner l'un de ses vieux tubes.

Il n'avait pas remarqué que Steve s'était approché jusqu'à ce qu'il entende sa voix de ténor se mêler à la sienne.

— Désolé, dit-il lorsque Wilson s'arrêta.

— Ne sois pas désolé, tu as vraiment une belle voix, dit-il avant de se remettre à jouer.

Indiquant d'un geste de la tête, il invita Steve à s'asseoir à côté de lui, et ils se remirent à chanter. Le jeune homme était hésitant au début, mais après quelques minutes, sa voix se mêla à celle de Wilson dans une belle harmonie. À la fin de la chanson, Wilson enchaîna aussitôt avec un autre. Leurs voix semblaient faites pour s'accorder. La porte s'ouvrit derrière eux, et Maria et Alicia s'assirent sur le banc le long de la rambarde pour les écouter.

Ils chantèrent jusqu'à ce que Wilson sente que la voix de Steve commençait à se fatiguer, et décide de mettre un terme à leur duo improvisé.

— C'était génial, s'exclama Steve avec un grand sourire, et Wilson hocha la tête en reposant sa guitare à côté de lui. Est-ce que ça t'a donné des idées ?

Wilson réfléchit quelques secondes puis haussa les épaules.

— Et si nous allions à la sellerie ? proposa Steve. Je pourrais même conduire, ajouta-t-il avec enthousiasme.

LEUR EXPÉDITION à la sellerie s'avéra être une expérience particulièrement embarrassante pour Wilson qui n'y connaissait rien du tout. Heureusement, Steve savait exactement ce dont ils avaient besoin et ils revinrent au ranch juste à temps pour le dîner, le pick-up plein, et le portefeuille de Wilson beaucoup plus léger. Le vendeur ne l'avait pas lâché d'une semelle, il l'avait même appelé Willie à plusieurs reprises.

— Je vous en prie, appelez-moi Wilson, avait-il dit en tendant sa main après avoir payé leurs achats. Je ne suis qu'un client comme un autre.

— C'est tellement excitant ! Nous ne recevons jamais personne de célèbre ici, s'extasia le jeune vendeur.

Wilson avait souri avec indulgence.

— Il suffit de me traiter comme n'importe qui d'autre, pas mieux ni pire. Je veux devenir un membre à part entière de la communauté, pas une personne privilégiée.

Le jeune vendeur les avait aidés à tout charger dans le pick-up.

— Est-ce que je peux quand même me permettre de vous demander un autographe ? s'enquit timidement le jeune homme. Ma sœur en mourrait si je vous laissais repartir sans au moins demander.

— Je reviendrai une prochaine fois si ça ne vous dérange pas. Vous n'aurez qu'à amener un CD, je le signerai à son nom.

Puis, Wilson lui avait serré la main, et ils se remirent en route pour le ranch.

Des nuages menaçants pesaient sur la ligne d'horizon, et le temps qu'ils rentrent, l'orage grondait sur la prairie. Wilson se gara près de la grange et Steve bondit du véhicule en criant à travers la pluie :

— Je dois faire rentrer les chevaux ! dit-il, saisissant une selle à l'arrière et la portant dans le bâtiment.

Il attrapa les selles qu'ils venaient d'acheter à l'arrière du pick-up, et courut vers la grange. Wilson coupa le moteur et le suivit en portant le reste du matériel.

— Ça va être mauvais, prédit Steve en faisant rentrer les chevaux dans leurs box.

— Comment le sais-tu ?

— Les chevaux sont agités, déclara Steve en caressant les flancs de l'un d'entre eux.

Dehors, le vent soufflait de plus en plus en plus fort. Chester piétinait dans sa stalle en reniflant. Wilson leva les yeux vers l'horizon dans l'encadrement de la grande porte de la grange. Le ciel s'était encore assombri et le vent soufflait violemment contre le bâtiment. Steve revint avec un autre cheval.

— Il y en a encore deux à aller chercher.

Wilson le suivit à l'extérieur, ouvrit la porte de l'enclos du poney et le rentra dans la grange. Il laissa Steve rentrer le dernier, et s'assura que tous les animaux avaient du foin et de l'eau.

Il courut ensuite jusqu'au pick-up pour le garer à sa place dans la cour. Il aperçut Steve qui était toujours dehors et qui regardait vers l'ouest.

— Rentre à l'intérieur ! lui cria Wilson en claquant la porte du pick-up derrière lui, avant de se précipiter vers la maison.

Il ouvrit la porte d'entrée avec difficulté, le vent manquant à plusieurs reprises de la lui arracher des mains, et fit rentrer Steve à la hâte avant de le suivre. À l'intérieur, le bruit assourdissant de la tempête était à peine moins impressionnant. Maria était dans le salon avec Alicia, une expression inquiète sur le visage.

— Ça va bien se passer, la rassura Wilson en allumant la télévision.

Un bandeau rouge d'alerte à la tempête défilait au bas de l'écran.

— Vous avez entendu ça ? demanda Steve et tout le monde se tut.

— On dirait un train, dit Maria en prenant Alicia dans ses bras.

— Ce n'est pas un train, c'est une tornade ! Descendez à la cave, maintenant ! cria-t-il en prenant Maria par la main et en se dirigeant vers le sous-sol.

Wilson les suivit sans poser de questions, et referma la porte derrière eux avant de descendre l'escalier. Il venait tout juste d'arriver en bas lorsque les lumières s'éteignirent et que le vacarme à l'extérieur s'intensifia. Alicia se mit à pleurer et se blottit dans les bras de Steve.

Ils entendirent quelque chose se renverser à l'étage et la maison se mit à trembler violemment. Wilson n'aurait pas su dire combien de temps s'était écoulé, mais lorsque le bruit cessa enfin, les battements de son cœur lui semblèrent assourdissants. Steve rendit Alicia à Maria et prudemment, remonta l'escalier dans l'obscurité. Un rayon de lumière balaya les escaliers lorsque le jeune homme ouvrit la porte, mais disparut aussitôt lorsqu'il la referma.

Wilson entendit Steve se déplacer au-dessus d'eux, puis la porte s'ouvrit de nouveau.

— La maison semble aller bien. Les fenêtres sont intactes, la grange et le pick-up sont toujours là. Il pleut encore beaucoup trop pour sortir vérifier le système électrique.

Wilson sortit son portable et il fut soulagé de constater qu'il avait du réseau. Il fit défiler sa liste de contacts et il appela Dakota.

— Est-ce que tout va bien ? demanda Wilson avant même de dire bonjour.

— Oui, ça va de notre côté. Et vous ?

— Ça va aussi. La maison et la grange sont toujours debout.

Quelque chose cognait contre le toit et Wilson regarda par la fenêtre. Il crut d'abord qu'il tombait de la grêle, mais il réalisa rapidement qu'il s'agissait de débris.

— Je pense que quelqu'un a été moins chanceux. Il pleut des morceaux de matériau de construction.

— Je vais me renseigner, nous en avons l'habitude, répondit Dakota. Les tornades peuvent déplacer des débris sur des dizaines de kilomètres. Je crois qu'il y a des bouts de tôle sur notre terrain.

Dakota raccrocha. Steve avait déjà aidé Maria et Alicia à monter l'escalier. Wilson regardait toujours par la fenêtre lorsque la pluie commença à se calmer. Il dégota un grand parapluie, et Steve et lui se dirigèrent vers la grange. La cour ressemblait à un marécage boueux, parsemée de débris. Ils arrivèrent à la grange où tout semblait heureusement en parfait état. Le souffle du vent avait ouvert l'une des portes, et un peu d'eau était entré, mais les chevaux allaient tous très bien. Les selles les autres achats qu'ils n'avaient pas eu le temps de ranger se tenaient toujours au même endroit. Soulagé, Wilson entreprit de tout mettre à sa place. Une fois terminé, son regard erra jusqu'aux hanches de Steve qui ondulaient au rythme des mouvements du balai. Ses longs cheveux accrochaient la lumière des rayons du soleil qui perçaient à travers les nuages. Comme s'il avait senti son regard, Steve se retourna et lui adressa un sourire. Troublé, Wilson se tourna vers l'extérieur. La ligne de l'horizon s'était éclaircie, le pire de la tempête était passé.

— Comment vont les chevaux ?

— Très bien, répondit Steve derrière lui, et Wilson se retourna pour voir que le cheval qu'il avait acheté plus tôt donnait de gentils coups de tête dans le torse du jeune homme.

— Est-ce que la petite maison de Maria tient toujours ?

— Apparemment, oui. Manifestement, nous avons eu beaucoup de chance, ajouta Wilson en regardant les monceaux de débris éparpillés à perte de vue dans les champs.

— Il va falloir nettoyer tout ça avant demain. Les débris pourraient être dangereux pour les chevaux.

Steve se tenait si près de Wilson qu'il pouvait pratiquement sentir la chaleur qui émanait de son corps. Son odeur était entêtante. Steve avait géré la situation d'une main de maître, Wilson était encore impressionné par son attitude. Si la tornade s'était rapprochée, il était persuadé qu'il les aurait protégés avec sa vivacité d'esprit. Il se retourna, posa délicatement une main sur sa joue, et se pencha pour embrasser ses lèvres douces.

Le jeune homme lâcha le balai et passa ses bras autour de son cou pour approfondir le baiser.

— J'ai tellement envie de toi. Personne n'a jamais fait le quart de ce que tu as fait pour moi, souffla-t-il en le poussant en arrière.

— Tu ne me dois rien, si c'est ce que tu penses.

Il ne voulait pas que Steve se sente obligé de payer une dette.

— Je sais. Tu ne me laisserais pas faire ça, et je t'en suis très reconnaissant.

Il l'embrassa de nouveau.

— J'ai eu tort de croire que tu pourrais profiter de moi, je suis désolé, j'ai tellement l'habitude de…

Wilson pressa un doigt sur ses lèvres.

— Je sais, dit-il et les yeux de Steve s'écarquillèrent. Pas les détails, mais je sais que tu as dû faire des choses dont tu n'es pas fier pour survivre. Je veux que tu comprennes qu'avec moi c'est différent. Je ne t'obligerais jamais à rien.

— Je sais, répondit Steve. Je te fais confiance.

Wilson sentit une boule d'émotion se former dans sa gorge. Il cligna rapidement des yeux pour chasser les larmes qui menaçaient de couler, puis il serra Steve contre lui de toutes ses forces, et l'embrassa passionnément. Il sentit le jeune homme vibrer de désir entre ses bras, et fit courir ses doigts à travers sa chevelure soyeuse. Lorsqu'ils rompirent le baiser, Wilson enfouit son nez dans ses boucles douces, s'enivrant de son odeur unique de paille et de vent. Le chanteur aurait aimé pouvoir le garder contre lui pour toujours, et lorsque Steve pencha la tête pour le regarder dans les yeux, tous ses doutes s'envolèrent.

Wilson entendit la porte-moustiquaire de la maison claquer et il se détacha à contrecœur du jeune homme. Steve le regarda et ils échangèrent un sourire complice, comme s'ils savaient tous les deux que ce n'était que partie remise.

— Après dîner, murmura Wilson, et Steve hocha la tête, ramassant son balai.

— Le dîner sera prêt dans une heure, les informa Maria depuis la porte de la grange. Tout va bien ? On dirait que les restes d'une maison entière sont étalés dans notre cour.

— Tout va bien, les débris ne viennent pas de chez nous.

— L'électricité est revenue et le téléphone fonctionne. Monsieur Dakota a appelé pour dire qu'ils allaient tous bien aussi. Il essaie toujours de savoir d'où proviennent tous ces débris afin de s'assurer que personne n'a été blessé.

— Merci, Maria, lui sourit Wilson.

Elle s'avança discrètement vers lui en jetant un coup d'œil à Steve qui s'affairait à quelques mètres d'eux, et le prit par les mains.

— Vous méritez d'être heureux, Señor Wilson, dit-elle, puis elle se retourna et se dirigea vers la maison.

Wilson la regarda partir, remerciant sa bonne étoile d'être entouré de gens aussi bienveillants. Son regard se porta sur la silhouette de Steve qui sortait pour ramasser les débris.

Une fois que le pré fut nettoyé, il sortit Lilly de la grange. Elle semblait heureuse d'être de retour à l'extérieur. Steve avait vraiment un don avec les chevaux, et Wilson commençait à se rendre compte qu'il s'était également frayé un chemin jusqu'à son cœur.

Sans réfléchir, il se retrouva à marcher jusqu'à sa chambre. Il attrapa sa guitare et revint sur le porche pour regarder le jeune homme travailler avec les chevaux.

Avant même de réaliser ce qu'il faisait, sa guitare était sur ses genoux et ses doigts grattaient les cordes. Une odeur propre de terre mouillée flottait dans l'air, et la lumière du soir se reflétait sur l'herbe humide.

Des lignes de notes dansaient dans son esprit et coulaient comme une énergie fluide jusque dans ses doigts. Wilson se sentait comme en transe

— « Marcher loin de moi », fredonna-t-il.

Il aimait la façon dont cela sonnait.

— « Marcher loin de moi », chanta-t-il encore et encore. « S'éloigner, marcher loin de moi, tes longues jambes qui s'éloignent de moi ».

Wilson sourit en sentant le couplet prendre forme dans son esprit.

— « Je te regarde tous les jours, prendre soin de ceux qui t'entourent, mais la seule chose que je désire, pourrais-je seulement l'avoir un jour ? Tu m'aimes, tu as besoin de moi, est-ce le destin ? Ou bien est-ce que je veux voir tes longues jambes marcher loin de moi ? T'éloigner, t'éloigner, t'éloigner de moi. »

Wilson le reprit plusieurs fois, et laissa son esprit se focaliser sur les mots.

Une main se posa sur son épaule, et en rouvrant les yeux, il découvrit Maria, debout à côté de lui.

— Le dîner est prêt, Señor Wilson.

Il hocha la tête et cligna des yeux. Le soleil s'était couché et l'obscurité s'était installée autour de lui.

— Je ne voulais pas vous déranger.

— Vous ne me dérangez pas Maria. Je n'avais pas vu le temps passer, j'arrive tout de suite.

Il la suivit à l'intérieur, et après avoir déposé sa guitare sur une chaise, se joignit aux autres qui mangeaient déjà. Il n'était pas d'humeur à parler, perdu dans ses pensées. Les conversations bourdonnaient autour de lui comme un fond sonore, mais rien ne l'atteignait. Sa chanson rejouait indéfiniment dans sa tête. Il mangea en pilotage automatique, et une fois son assiette vide, il quitta la table. Il récupéra sa guitare, se dirigea vers sa chambre et sortit un carnet à musique. Il s'installa à son bureau et se mit à écrire. Les mots arrivaient les uns après les autres, et lorsque sa porte s'ouvrit, Wilson ne le remarqua même pas. Ce n'est que lorsque Steve entra que la brume musicale qui l'avait engloutie se dissipa assez pour lui permettre de réaliser ce qui se passait autour de lui.

— Tu es toujours dans cet état quand tu travailles ? demanda Steve avec curiosité.

Wilson cligna lentement des yeux, comme s'il lui fallait du temps pour comprendre la question, puis hocha imperceptiblement la tête.

— Je crois, oui. La musique a tendance à prendre les commandes, expliqua-t-il en se relevant pour étirer son corps engourdi.

— Je t'ai entendu chanter tout à l'heure, murmura Steve en s'approchant plus près. Est-ce que tu l'as écrite en pensant à moi ?

Wilson hocha la tête. Il n'allait pas mentir, ça n'aurait servi à rien. Steve alla fermer la porte et se retourna vers lui, ses grands yeux sombres brillants dans la pénombre de la pièce. Il se rapprocha et embrassa Wilson sans hésiter. Très vite, leur baiser se fit intense, presque brutal. Le chanteur passa ses bras autour de la taille du jeune homme et inclina sa tête en arrière pour mieux le dévorer.

Steve tira Wilson vers le lit. Il lui retira sa chemise avec des gestes fébriles, la laissa nonchalamment tomber sur le sol, et se plaqua tout contre lui. Il l'embrassa en poussant un gémissement de frustration.

— Seigneur, Steve, murmura Wilson en se laissant tomber sur le lit.

Steve s'installa à califourchon sur lui sans perdre une seconde, et fit courir ses mains sur son torse nu. Il ferma les yeux pour savourer la caresse de sa peau soyeuse, et lorsqu'il les rouvrit, Wilson perçut immédiatement l'hésitation dans son regard.

— Qu'y a-t-il ?

— Je n'ai jamais fait ça avant, avoua Steve en détournant le regard.

Wilson tendit une main et lui caressa tendrement le visage, en sentant le soulagement l'envahir. Il se doutait de ce qu'il avait dû faire pour survivre, mais il était heureux de savoir qu'il n'avait pas…

— Je ne suis pas vraiment sûr de ce que je dois faire.

— Tout ce que tu veux. Fais tout ce que tu as toujours rêvé de faire lorsque tu étais seul dans ton lit.

Steve sourit et se pencha en avant, faisant courir sa langue sur le torse de Wilson, s'attardant sur l'un de ses mamelons. Wilson se cambra sous la sensation, essayant de montrer à Steve l'effet qu'il lui faisait, sans effaroucher son jeune amant.

— Est-ce que je fais ça bien ?

Il prit doucement les mains de Steve dans les siennes, et les porta à ses lèvres.

— Tu ne peux rien faire de mal, je te le promets.

Alors qu'ils s'embrassaient, Wilson inversa leur position afin que Steve se retrouve sur le dos, et laissa ses mains se régaler de l'étendue infinie de sa peau dorée. Il était évident qu'il avait travaillé à l'extérieur, car là où sa peau était restée cachée, elle était aussi blanche que du lait. Il le mordilla dans le cou, tirant au jeune homme un petit gémissement de satisfaction.

— Tout va bien ? demanda Wilson avant de lécher l'un des mamelons, découvrant rapidement qu'ils étaient extrêmement sensibles.

Steve gémit et Wilson envisage de les mordre légèrement.

— Laisse-toi aller. Tu peux faire autant de bruit que tu veux.

Le chanteur mordilla l'un des petits bourgeons et son amant laissa échapper un cri.

— Willie ! cria Steve et Wilson s'arrêta, craignant une seconde que Steve ne crie le nom de Willie Meadows, mais le jeune homme ajouta simplement :

— S'il te plaît…

Wilson relâcha le mamelon de ses lèvres et déposa une pluie de baisers jusqu'à son ventre plat, léchant et goûtant sa peau brûlante. Une traînée de poils clairs partait du nombril de Steve et s'arrêtait à la ceinture de son pantalon et Wilson voulait en voir plus. Il fit sauter le bouton et descendit la fermeture éclair, séparant les pans de son jean. Il poursuivit son exploration.

— Est-ce qu'on t'a déjà… ?

Wilson embrassa l'érection de Steve à travers le coton de son caleçon et le jeune homme laissa échapper des petits cris de plaisir.

— Je prends ça pour un non.

Il rit doucement et sentit Steve frissonner sous ses lèvres.

— Je ne peux pas faire ça, déclara Steve en s'immobilisant brusquement.

Wilson s'arrêta et releva la tête.

— Je croyais que je pourrais, mais je n'y arrive pas. Ce n'est pas de ta faute, c'est juste… Quand j'étais sur la route, et que j'essayais de survivre au jour le jour… commença-t-il en s'éloignant de lui.

Il ramena ses jambes contre son torse et enroula ses bras autour.

— Je croyais que cela ne compterait pas, que je pourrais oublier, mais je n'y arrive pas, murmura-t-il, la voix pleine de désespoir.

— Tu ne dois pas t'en vouloir. Tu essayais simplement de survivre.

Wilson s'assit à ses côtés et le prit dans ses bras.

— Je croyais que le passé était le passé, et que je n'y penserais plus, mais ce n'est pas vrai, hoqueta Steve.

— Le passé *est* le passé, insista Wilson. Ce que tu as fait à cette époque de ta vie ne définit pas qui tu es aujourd'hui. Ces mauvaises expériences ne doivent pas t'empêcher d'en créer de nouvelles, plus belles.

Wilson commençait à réaliser à quel point Steve était jeune et innocent. Ses bravades et sa manière de flirter avec lui n'étaient en réalité qu'une armure.

— Tu ne me dois aucune explication quant à ton passé, Steve. Tout ce qui compte, c'est le présent. Personne ne peut changer son passé, peu importe à quel point on le voudrait parfois.

Il y avait tellement de choses que Wilson aurait souhaité changer. Certains choix de carrière, sa rencontre avec Clay… Et d'un autre côté, ces expériences lui avaient permis d'apprendre et d'avancer.

— Mon passé ne te gêne pas ? demanda Steve doucement.

— Bien sûr que si. La simple idée que qui que ce soit puisse oser demander des faveurs sexuelles à un gamin en échange de leur aide me met hors de moi, et si je leur mettais la main dessus, je leur tordrais le cou. Tu étais jeune et naïf, et ils ont abusé de ta vulnérabilité. Tu as dû apprendre très vite que le monde pouvait être impitoyable. Nous devons tous l'apprendre à un moment ou à un autre. Malheureusement, tu l'as fait sans personne pour te guider.

Wilson prit le menton de Steve dans sa main, et inclina sa tête pour l'embrasser tendrement du bout des lèvres. Lorsque le jeune ne réagit pas, il recommença, et cette fois, Steve entrouvrit ses lèvres pour l'accueillir. Il se détendit progressivement, se rallongea sous le corps de Wilson et enroula ses bras autour de son cou.

Plutôt que de reprendre là où ils s'étaient arrêtés, Wilson prit le temps de le mettre à l'aise, de lui montrer qu'il pouvait être avec quelqu'un qui le désirait simplement parce qu'il en avait envie, sans rien attendre en retour. Le chanteur se décala sur le lit et se mit à cheval sur les hanches de Steve.

— Je veux que tu restes allongé et que tu me laisses prendre soin de toi, dit-il de sa voix profonde.

Steve hocha la tête, les yeux grands ouverts, à la fois anxieux et excité. Wilson lécha de nouveau l'un de ses mamelons jusqu'à le faire durcir. Steve poussa son torse vers l'avant, à la rencontre de la sensation, et Wilson pinça légèrement son autre téton entre son pouce et son index. Les gémissements de Steve remplirent la pièce, attisant le désir de Wilson. Il désirait tellement le jeune homme qu'il pouvait à peine penser clairement, mais rien n'était plus important que de laisser Steve faire les choses à son rythme.

Il traça un chemin de baisers le long du ventre de Steve, en fredonnant inconsciemment la mélodie qu'il avait commencé à composer cet après-midi. En arrivant au niveau du sexe de son jeune amant, les gémissements de Steve se mêlèrent à la mélodie qui jouait dans sa tête dans une harmonie parfaite. Il fit descendre son caleçon, et le membre du jeune homme rebondit contre son ventre. Il tapota ses hanches pour lui faire signe de les soulever, et retira le sous-vêtement et le pantalon du jeune homme. Steve écarta instinctivement les jambes et Wilson sourit malicieusement avant de tracer du bout de sa langue la ligne de poil sur son bas-ventre, jusqu'à son sexe. Lorsque sa langue passa sur son gland, il referma les lèvres dessus, et Steve poussa lentement son sexe dans sa bouche.

— Willie ! cria-t-il en se cambrant contre le matelas.

Wilson l'attrapa par les hanches et le plaqua sur le lit. Steve poussa un profond soupir lorsqu'il le prit tout entier dans sa bouche.

Le chanteur entama un mouvement de va-et-vient sensuel, savourant les sursauts incontrôlés et les gémissements de son amant. En levant son regard vers lui, il vit que ses lèvres tremblaient et que ses

87

mains agrippaient les draps. Steve n'allait pas tarder à jouir, et c'était exactement ce qu'il voulait. Il voulait que le jeune homme s'oublie et perde le contrôle. Il glissa un doigt à côté de son membre dans sa bouche, afin de l'humidifier, puis il le plaça entre ses jambes, taquinant son ouverture, avant de l'enfoncer lentement dans la chaleur étroite de son corps. Son propre sexe palpitait dans son pantalon et il faillit jouir sur l'instant. Lorsque le doigt de Wilson effleura sa prostate, Steve perdit toute notion de réalité, et jouit avec force dans sa gorge.

Après son orgasme, le jeune homme s'effondra sur le lit, à bout de force. Wilson continua de le sucer pendant quelques secondes avant de libérer son sexe de sa bouche. Puis il remonta le long de son corps, jusqu'à trouver ses lèvres pour échanger un baiser langoureux, et Steve gémit de plaisir.

— Et toi ? demanda-t-il en se tortillant sur le lit pour inverser leur position et pousser Wilson sur son dos. Je veux te faire la même chose, dit-il en défaisant son pantalon avec des gestes empressés, sans lui laisser le temps de protester.

Wilson rêvait de sentir les lèvres de Steve sur son sexe depuis trop longtemps pour protester, mais il était soucieux de la réaction du jeune homme. Steve retira brusquement son pantalon, qui atterrit quelque part sur la commode. Puis le jeune homme entreprit de lécher et de sucer chaque parcelle de peau qui s'offrait à lui. C'était comme s'il ne savait pas où s'attarder et voulait tout faire à la fois.

— Nous avons tout notre temps, lui rappela Wilson amusé, et Steve fit glisser ses mains le long de ses flancs, parcourant son torse de sa bouche.

Il dévora l'un après l'autre les tétons du chanteur, qui frissonna sous les sensations. Lorsqu'il se mit à embrasser son ventre, Wilson sentit son membre pulser, mais Steve fit exprès de s'attarder autour de son entrejambe, sans jamais vraiment le toucher. Chaque fois qu'il s'approchait de son sexe, Wilson s'immobilisait, impatient, à l'affût du moindre contact.

— Tu n'es qu'un allumeur, se plaignit-il entre ses dents.

— Je ne vois pas ce que tu veux dire, répondit innocemment Steve.

Wilson lui caressa la joue, charmé malgré lui, et Steve revint à l'assaut de ses tétons. Wilson songea distraitement qu'il allait laisser des marques, mais il n'en avait rien à faire. Tant que Steve le touchait, il était heureux. À son grand soulagement, Steve enroula finalement ses doigts autour de son sexe tendu. Ses gestes étaient lents, mais fermes, et Wilson le regarda faire, fasciné par la vision de son sexe engouffré dans la grande main de son jeune amant. Lorsque les lèvres de Steve se joignirent à sa main, le chanteur aurait pu jurer voir des étoiles. Après tout ce qu'il avait dû endurer pour arriver jusqu'ici, Wilson était émerveillé de l'attention et de l'assurance de ses gestes. C'était au tour de Wilson de se tordre de plaisir entre les draps, désorienté par le trop-plein de sensations, il dansait sur le fil du rasoir. Steve retira sa bouche et le masturba avec des gestes rapides pour le conduire jusqu'à l'extase. Wilson ferma les yeux et se laissa tomber dans l'abîme, éjaculant à grands traits sur son ventre.

Lorsqu'il revint à lui, la première chose que Wilson fit, fut de tirer Steve contre lui. La maison était calme, le seul bruit qui troublait le silence était celui de la pluie sur le toit.

— Je te propose que nous allions nous doucher avant d'aller dormir. T'es-tu déjà douché avec quelqu'un ? demanda Wilson, une lueur diabolique dans le regard.

Steve secoua la tête et sourit.

— Crois-moi, tu vas adorer.

Ils vidèrent pratiquement le ballon d'eau chaude, et lorsqu'ils se glissèrent entre les draps, ils étaient tous les deux parfaitement détendus. Steve s'endormit en quelques minutes à peine, mais Wilson resta éveillé. La maison était plongée dans le silence, la pluie s'était arrêtée. Il se leva et ouvrit la fenêtre de la chambre pour laisser entrer l'air frais. En scrutant l'obscurité, il remarqua des phares qui passaient sur la route, et un véhicule qui ralentit devant l'allée, sans jamais vraiment s'arrêter. Il savait à qui appartenait ce véhicule, et il se demanda ce que mijotaient les hommes envoyés par le père de Steve.

QUELQUES NUITS plus tard, Wilson fut réveillé par la sonnerie de son téléphone portable. Il se pencha au-dessus de Steve pour l'attraper sur la table de nuit, et sourit en observant son amant endormi. Il savait maintenant que, même s'il avait l'air de dormir à poings fermés, le moindre bruit le réveillerait instantanément. Il avait appris que le jeune homme avait le sommeil extrêmement léger.

— Allô, répondit Wilson, en jetant un coup d'œil au réveil.

— C'est Howard. J'essaie de te joindre depuis pratiquement deux jours. La compagnie a adoré ta chanson. Elle demande quand ils pourront écouter le reste.

— Howard, il est quatre heures du matin. Tu aurais pu réveiller toute la maison.

Steve avait besoin de ses heures de sommeil.

— Je viens de te le dire, ça fait deux jours que je cherche à te joindre, deux jours ! Je me suis dit que j'essaierai en pleine nuit, histoire de ne pas te louper.

Wilson sortit de la chambre et s'enferma dans la salle de bain pour ne pas déranger Steve.

— Le studio a aussi envoyé le contrat final pour ton apparition dans un premier film. Ton personnage n'est pas le rôle principal, mais ça, nous le savions déjà. Le script est vraiment bon. Ton rôle est intéressant, tu pourrais même voler la vedette à leur tête d'affiche si tu te débrouilles bien.

Howard avait l'air aux anges.

— Comment ça se passe dans le Wyoming ? demanda-t-il enfin.

— Très bien. J'ai acheté des chevaux et j'apprends à monter. Ce week-end nous allons à un barbecue, tu pourrais te joindre à nous. Ça pourrait être une bonne idée que tu viennes ici quelques jours, ou même quelques semaines, nous pourrions jeter un coup d'œil à ce script ensemble, proposa-t-il.

Ce qu'il voulait surtout, c'était raccrocher et retourner au lit.

— Je voudrais aussi entendre les chansons sur lesquelles tu travailles, déclara son manager.

— Je t'ai envoyé celle que j'avais terminée. C'est assez pour l'instant.

En vérité, c'était la seule chanson qu'il avait écrite jusqu'ici, mais il n'était pas prêt à lui avouer ce détail.

— Bonne nuit Howard, on se voit bientôt.

Wilson raccrocha avant qu'Howard puisse protester.

# VI

— Détends-toi, tire les rênes de Rudy sur la droite, indiqua Steve.
Wilson tira sur les rênes de son cheval avec concentration. Il avait eu quelques leçons et il commençait à enregistrer des réflexes d'équitation. Selon Steve, Rudy était le cheval le plus doux et le plus docile qu'il n'avait jamais vu de sa vie.

— Parfait ! Maintenant, fais-le se promener à travers le manège.
Ils avaient travaillé sur le contrôle lors des dernières leçons et Wilson avait du mal.

— Fais un tour de plus et ça ira pour aujourd'hui.
Steve savait que passer trop de temps en selle pouvait rapidement être douloureux pour un débutant, et la dernière chose qu'il voulait c'était que Wilson ait mal à cet endroit-là. Le chanteur fit son tour supplémentaire avant de descendre prudemment de Rudy et de le ramener à la grange.

— Pourrons-nous bientôt partir en randonnée ? demanda-t-il en dessellant son cheval. Je commence à m'ennuyer dans le manège.

— Je sais, mais je veux être certain que tu es capable de contrôler le cheval si quelque chose arrive. Dès que je serai rassuré, nous irons nous promener aussi souvent que tu le voudras, promit Steve avec un sourire. Peut-être que demain, nous pourrions aller jusqu'à la rivière au pied de la montagne. Ce n'est pas trop loin.

Steve s'approcha et Wilson se pencha aussitôt pour lui donner un baiser.

— Qu'est-ce qui t'arrive aujourd'hui ? le taquina le jeune homme après ce baiser inhabituellement chaste.

— Je crois que j'ai revu les hommes qui sont à ta recherche, lança Wilson, soucieux.

— Je sais. Je les ai vus aussi, admit Steve. Il me semble les avoir aperçus en ville. Je n'étais pas certain que ce soit eux, et je ne sais pas s'ils m'ont vu, mais…

Steve ne savait pas quoi penser, mais il détestait l'idée qu'ils puissent lui tomber dessus à un moment où il serait seul.

— Que veux-tu que nous fassions ? demanda Wilson préoccupé.

Steve prit un moment pour savourer la réalisation que, pour la première fois de sa vie, il n'aurait pas à affronter cette épreuve tout seul.

— Tu m'as dit l'autre jour que je ne pouvais pas continuer à vivre caché, et ça m'a fait réfléchir. Je crois que tu as raison, je me demande si ce ne serait pas mieux de les confronter. Peut-être que nous pourrions demander de l'aide à quelques amis. Je me demande si une démonstration de force ne les pousserait pas à me laisser tranquille.

Steve était fatigué d'avoir peur tout le temps. Peut-être que les sbires de son père baisseraient les bras s'ils réalisaient qu'il avait des amis prêts à se battre pour lui.

— Si c'est ce que tu veux faire, je serais à tes côtés, déclara Wilson.

Steve sentit un frisson glisser le long de sa colonne vertébrale.

— Tu ne le peux pas, Wilson, sois raisonnable. Tu es célèbre, mon père n'hésitera pas une seconde à utiliser ça contre toi. S'il apprend pour nous deux, il racontera au monde entier que tu es gay.

Steve s'approcha plus près de Wilson pour le regarder dans les yeux.

— Je sais que tu veux m'aider, et j'apprécie, sans doute plus que tu ne peux l'imaginer, mais je ne permettrai pas à mon père ou à son fanatisme de te faire du mal.

Son cœur se serra à l'idée que lui ou son passé puisse nuire à Wilson. L'homme s'était montré si bon envers lui, il ne supporterait pas de lui causer des problèmes. Pour la première fois depuis qu'il le connaissait, Steve vit une lueur de peur dans les yeux de Wilson. Ils savaient tous les deux que ce genre de rumeurs étaient suffisantes pour mettre fin à une carrière, même s'il ne s'agissait que de rumeurs. Il connaissait des artistes qui étaient sortis du placard et qui avaient réussi à maintenir leur carrière, mais aucun d'eux n'évoluait dans l'univers machiste de la country.

— Il est hors de question que je te laisse leur faire face tout seul.

La peur dans les yeux de Wilson était toujours là, mais à elle se joignit une détermination inébranlable.

— D'accord, répondit Steve en souriant faiblement. Mais tu dois me promettre de me laisser mener mes propres batailles. Tu m'as dit d'arrêter de me cacher, et c'est ce que je vais faire, mais ce n'est que la moitié du combat.

Steve s'exprimait avec plus de confiance qu'il n'en ressentait. Wilson hocha la tête à contrecœur. La simple pensée d'affronter les hommes de son père tordait l'estomac de Steve, mais les choses ne pouvaient pas continuer ainsi, pas s'il voulait rester au ranch. Il avait une vie ici, et une maison, pour la première fois de sa vie, il avait trouvé un endroit dans lequel il se sentait vraiment heureux.

— Chaque chose en son temps. Et avant toute chose, il y a un barbecue qui nous attend, lui rappela Wilson en serrant son épaule. Dakota nous a dit de venir sur les coups de quatorze heures.

Wilson erra vers l'enclos de Hunter, le cheval hors de prix qu'il avait acheté aux enchères.

— Tu veux laisser les chevaux dehors ?

Le chanteur demandait toujours son avis à Steve pour tout ce qui concernait les chevaux, c'était agréable. Son père ne lui avait jamais vraiment fait confiance. Mais Wilson n'était pas son père, il était même très différent de son père, à bien des égards.

— Je vais juste rentrer Hunter avant de partir. Avec de l'élan, cette canaille est capable de sauter par-dessus la clôture. Il ne me fera pas le coup une deuxième fois, dit-il en souriant à Wilson. J'espère pouvoir parler à quelques personnes de la possibilité de l'entraîner en tant que sauteur pendant le barbecue. Il est suffisamment rapide et puissant, mais ce genre d'entraînement est hors de mes compétences.

— Fais ce que tu penses être le mieux, dit simplement Wilson en cognant doucement son épaule contre la sienne. Je te fais confiance.

Le chanteur lui sourit et Steve sentit une bouffée de chaleur l'envahir. Après avoir regardé les chevaux pendant quelques minutes encore, ils revinrent tous les deux vers la maison. Wilson alla prendre une douche et Steve le rejoignit. Il passa ses bras autour de la taille du chanteur, appuyant sa poitrine contre son dos, et nicha son membre déjà rigide entre ses fesses. Il aimait la sensation de la peau de Wilson qui glissait contre la sienne. Steve gémit lorsque son amant se pressa contre lui.

— Prends-moi, Steve, grogna Wilson en appuyant les mains contre le mur de la douche pour se stabiliser.

Steve le désirait à en perdre la raison, mais il n'avait encore jamais pénétré un autre homme et il n'était pas sûr d'être prêt.

— J'ai vraiment envie de te sentir en moi, dit Wilson en tournant la tête et ils s'embrassèrent.

— Ce soir, quand nous serons rentrés après le barbecue ? proposa Steve haletant en faisant glisser son sexe entre les fesses de Wilson.

Il passa une main devant le chanteur, et se saisit de son sexe alors que l'eau cascadait sur eux.

— Est-ce que ça te fait du bien ? chuchota Steve à son oreille.

Wilson gémit en hochant la tête, et Steve resserra son poing autour de lui, passant son pouce sur la fente à la poussée suivante. Ils continuèrent à bouger ensemble, remplissant la salle de bains de gémissements de plaisir. Steve ne se lasserait jamais des sons que Wilson faisait. Il savait qu'il était heureux parce qu'il fredonnait doucement.

— Je veux que tu jouisses avec moi, murmura Steve en embrassant l'épaule de Wilson.

Le souffle court, leurs mouvements s'accélérèrent. Steve sentit le sexe de Wilson palpiter dans sa main, juste avant qu'il éjacule, et il le suivit à peine quelques secondes plus tard. Il se cramponna aux hanches de Wilson et jouit entre leurs deux corps, son sperme giclant entre ses reins, avant que l'eau n'emporte toute trace de leur orgasme.

Steve posa sa tête sur l'épaule de Wilson en reprenant son souffle. Le chanteur se retourna pour le prendre dans ses bras, et déposa une pluie de baisers dans son cou.

— Tu es incroyable, chuchota Wilson dans son oreille.

Ils paressèrent encore quelques minutes sous le jet de la douche, le temps de se rincer, puis ils sortirent pour se sécher

— Si tu continues de me regarder comme ça, nous n'arriverons jamais à l'heure, le prévint Steve en enfilant son tee-shirt.

Wilson grimaça et le jeune homme éclata de rire en boutonnant son pantalon. Après avoir mis sa chemise, il s'assit sur le bord du lit et enfila ses bottes, toujours sous le regard attentif du chanteur. Il ramassa sa chemise sale sur le sol et la jeta à Wilson qui l'esquiva de justesse.

— Pourquoi as-tu fait ça ? demanda-t-il, indigné.

— Si tu n'arrêtes pas de me reluquer avec ce regard concupiscent, je t'arrache tes vêtements et nous n'irons nulle part. Nos voisins et amis penseront que nous les avons plantés, et plus personne ne nous invitera jamais.

Wilson se précipita sur lui et Steve se retrouva affalé sur le lit en riant aux éclats.

— Je ne vois pas pourquoi j'irais à ce barbecue alors que je tiens le festin le plus délicieux du monde, chuchota Wilson, et brusquement, le jean de Steve lui sembla extrêmement serré.

Le chanteur suça son lobe d'oreille et Steve gémit en se cramponnant aux épaules de son amant. Wilson profita de cette seconde d'inattention pour rouvrir son pantalon, et avant même que Steve ne puisse dire quoi que ce soit, Wilson prit son sexe tout entier dans sa bouche.

— Willie ! haleta Steve alors que son amant faisait ce truc avec sa langue qui le rendait complètement sauvage.

Il avait joui dans la douche pas plus de quinze minutes plus tôt, et déjà il sentait un nouvel orgasme monter en lui. Il ferma les yeux et éjacula avec une force qui le laissa pantelant sur le lit, incapable de bouger.

Steve savait qu'il devait avoir l'air totalement débauché. Son pantalon était au niveau de ses chevilles, sa chemise relevée, son ventre couvert de sperme, mais il ne s'en souciait pas le moins du monde. Il surprit l'expression satisfaite de Wilson qui se léchait les lèvres, et laissa échapper un petit rire essoufflé.

— Pouvons-nous y aller maintenant ? lui demanda le chanteur en relevant un sourcil.

Steve n'était pas prêt à bouger, mais la porte d'entrée s'ouvrit et il entendit la voix excitée d'Alicia qui demandait si elle pourrait faire du poney pendant la fête. Paniqué, il se releva précipitamment et se rhabilla juste à temps pour attraper la petite fille qui débarla dans sa chambre sans frapper et se jeta sur lui.

Il la leva et la fit tournoyer en l'air.

— Ils ont leurs propres chevaux, là où nous allons. Je suis sûr que nous trouverons quelqu'un qui sera prêt à te faire faire un tour de poney.

Alicia poussa un cri de joie assourdissant et Steve la porta jusqu'au salon où Maria les attendait. Il alla rentrer Hunter dans sa stalle, et ils se dirigèrent tous ensemble vers le pick-up.

La cour du ranch de Dakota et Wally était déjà remplie de véhicules. Soudain intimidée, Alicia sortit en tenant la main de sa mère. Il devait y avoir une bonne centaine de personnes.

— Je suis content que vous ayez pu venir, les accueillit Wally avec un grand sourire.

Il les guida jusqu'à l'endroit où la fête battait son plein, sur le côté de la maison. De la musique avait été installée et des enfants jouaient sur la pelouse.

— Pourquoi la fête ne se déroule-t-elle pas à l'arrière ? demanda Wilson et les yeux de Steve s'écarquillèrent.

— Tu n'es jamais venu ici avant ? demanda Steve avec un sourire carnassier.

Puis il se tourna vers Wally.

— Pouvons-nous aller voir les chatons ?

Wally sourit.

— Je vais vous y emmener dans une minute.

Le petit homme disparut un instant dans la maison, et ressortit, un récipient métallique entre les mains.

— C'est l'heure du repas.

Steve vit la surprise sur le visage de Wilson alors que le vétérinaire les conduisait à l'arrière de la maison, puis dans la cour et enfin vers un terrain sous les arbres. Un rugissement retentit soudain, et Alicia fit un bond en arrière. Steve la prit dans ses bras.

— Dios mio, souffla Maria en découvrant les cages.

— Voici Shahrazade, dit Wally en indiquant l'impressionnante tigresse qui longeait sa cage d'un air menaçant. Elle veut assurer la protection de sa tanière, alors restez à l'écart.

Wally s'approcha avec précaution et plaça un morceau de viande crue dans un réceptacle qui le fit glisser jusque dans la cage. Le tigre sauta immédiatement dessus.

— Voici Manny. Il est moins agressif après avoir mangé.

Il déposa la nourriture dans la goulotte et recula.

— J'avais un lion avant qui aimait que je lui gratouille le ventre. Chaque fois qu'il me voyait, il se mettait sur le dos et ronronnait comme un petit avion à réaction.

— Que lui est-il arrivé ? demanda Alicia d'une petite voix, les mains nouées sous son menton.

— Il est mort malheureusement. La plupart de ces animaux sont vieux. J'essaie de trouver de nouvelles maisons pour chacun d'eux, mais parfois ils restent ici jusqu'à la fin de leur vie. Shahrazade va bientôt partir pour un zoo. Il m'a fallu du temps, mais j'ai fini par trouver un établissement prêt à la prendre. Elle est jeune et extrêmement rare, elle va laisser sa place à un nouvel animal.

— Pourquoi les gardez-vous ici ? demanda Wilson en restant à distance, mais clairement fasciné.

— La plupart seraient euthanasiés si je ne le faisais pas. Les gens les prennent pour des animaux de compagnie et finissent par découvrir qu'ils ne sont pas du tout équipés pour les garder, alors ils les abandonnent. Des cirques me les donnent par exemple, s'ils deviennent incontrôlables, ou trop vieux pour faire le spectacle. Shahrazade a attaqué son entraîneur, c'est pour ça que j'ai accepté de la prendre.

Wally continua à parler tout en distribuant la nourriture.

— C'est une tigresse du Bengale, une espèce rare et menacée. Le zoo espère se servir d'elle pour la reproduction. J'espère que ça marchera. J'ai eu du mal à la placer, les gens ont peur de s'engager avec elle, elle est vraiment difficile.

Wally fixa la tigresse qui releva les yeux de sa nourriture et pencha la tête comme si elle savait que Wally était en train de parler d'elle. Elle feula et retourna à son repas.

— Et ceux qui sont là-bas ? demanda Alicia en pointant du doigt d'autres enclos, à l'écart des premiers.

— De temps en temps, je reçois des animaux exotiques qui ont besoin d'une maison. Ce sont les enclos qui leur sont réservés. Je m'occupe principalement de fauves, mais je n'aime pas tourner le dos aux autres animaux, pas si je peux les aider.

Steve vit que Wilson regardait partout autour de lui.

— Comment financez-vous tout ça ?

— Les cirques font souvent un don pour aider à la prise en charge, mais c'est principalement moi qui paie pour tout. Le boucher en ville me garde les os et les restes invendus qu'il me revend à un prix très raisonnable.

97

Wally leur fit signe de revenir vers la maison et tout le monde le suivit.

— Dakota pensait que j'étais fou au départ, mais je rentre rapidement dans mes frais. Shahrazade est un animal très coûteux et la somme que va me payer le zoo me permettra de couvrir la nourriture et les soins sur au moins un an. L'argent restant servira à améliorer et agrandir les installations existantes.

Ils se rapprochèrent de la foule et Steve remit Alicia sur ses pieds pour qu'elle puisse aller jouer avec les autres enfants. Maria se dirigea vers un groupe de femmes qu'elle semblait avoir reconnues, et Steve sourit lorsqu'elles s'écartèrent pour l'intégrer. Il mourrait d'envie de toucher Wilson, mais il savait que ce n'était pas possible en public.

— Willie Meadows ! interpella un grand homme en s'approchant d'eux. Je suis Harold Thompson, le maire de notre petite ville. C'est un honneur pour nous de vous accueillir dans notre communauté. J'espère que nous pourrons compter sur votre soutien et votre implication dans les projets de la commune.

L'homme était le cliché du politicien. Steve observa Wilson, curieux de voir comment il allait réagir.

— Harold, je vous en prie, ici je suis seulement Wilson. Et bien sûr, je prévois de faire mon devoir civique, mais je suis surtout ici pour gérer mon ranch et profiter d'un peu de paix et de tranquillité. Je dois partir faire un film d'ici quelques mois, puis en tournée dans environ un an. Je tiens vraiment à ce que ce lieu soit mon refuge.

Wilson prit une bière et Steve vit le visage du maire se décomposer peu à peu.

— Harold, l'interpella sévèrement une voix grêle.

Steve se retourna et découvrit Dakota qui poussait un homme assis dans un fauteuil roulant. Il était recouvert d'une couverture, malgré la chaleur de la journée.

— Laisse donc ce garçon tranquille. Il n'a pas besoin de siéger dans l'un de tes comités ridicules pour décider dans quel sens il faut répandre le fumier.

— Papa ! s'écria Dakota, et le maire tourna les talons, sans doute à la recherche de quelqu'un d'autre à qui parler.

— La seule raison pour laquelle cet homme a été élu maire c'est parce que personne d'autre ne voulait le poste, grommela le père de Dakota.

— Wilson, je voudrais vous présenter, mon père, Jefferson, soupira Dakota avec un sourire en coin.

Wilson serra la main atrophiée de l'homme plié dans son fauteuil roulant.

— C'est un plaisir de vous rencontrer, Monsieur Meadows, déclara Jefferson avec dans le regard une lueur étonnamment malicieuse pour son âge.

— S'il vous plaît, appelez-moi Wilson, et tout le plaisir est pour moi.

Il se pencha un peu plus près.

— Je vous remercie de m'avoir sauvé des griffes du maire. Je n'ai jamais pu supporter les politiciens, dit-il avec un clin d'œil et Jefferson hocha légèrement la tête en retour. Voici Steve. Il dresse des chevaux pour moi.

Le jeune homme serra à son tour la main de Jefferson. Le vieil homme semblait si fragile et pourtant, il y avait en lui une force surprenante. Il avait un regard vif et intelligent, malgré la prison de son corps déformé.

Steve ne put réprimer une pointe de déception à la façon brève et clinique dont Wilson l'avait présenté, mais il se ressaisit rapidement et afficha un sourire vaillant. Il savait qu'il était bien plus qu'un simple dresseur pour Wilson, il savait que le chanteur se montrait simplement prudent, mais c'était malgré tout douloureux. Après s'être excusé, il s'éloigna et rejoignit un groupe qui s'amusait à lancer des fers à cheval. Il les observa un moment, mais ses yeux revenaient régulièrement à l'endroit où se tenait Wilson, qui était en train de discuter au milieu d'un petit groupement de personnes, comme un roi qui tenait sa cour. Il soupira en essayant de se concentrer sur le jeu, mais rien n'y fit.

— Tout va bien ?

Steve se retourna et vit Haven qui se tenait debout, juste derrière lui.

— Je le suppose.

Il se cacha derrière sa bière en lançant un nouveau un coup d'œil à son amant. Il se comportait comme un imbécile. Wilson se souciait de lui, il le savait.

99

— Tu veux aller faire une promenade ? Nous avons quelques chevaux déjà sellés et nous avons prévu d'emmener les gamins se promener un petit moment. Tu es plus que bienvenu, l'invita gentiment Haven.

Steve termina sa bière.

— C'est une excellente idée. Je vais aller chercher Alicia.

— Je crois qu'elle t'a devancé, sourit Haven en le conduisant vers le lieu où les chevaux sellés attendaient.

Un groupe d'enfants était agglutiné autour des animaux, impatients de pouvoir monter dessus. Alicia était parmi eux. Lorsqu'elle aperçut Steve, elle se précipita sur lui.

— Je vais monter sur un vrai cheval ! dit-elle alors qu'il la prenait dans ses bras.

— Je sais, je vais monter avec toi, répondit-il, et elle se mit à rire lorsqu'il la reposa. Va prévenir ta maman qu'elle ne s'inquiète pas.

Alicia traversa la cour en trottinant pour rejoindre Maria. Steve les vit parler une minute, puis la fillette revint avec un grand sourire sur son visage.

— Maman a dit qu'elle était d'accord, dit-elle joyeusement en se balançant d'avant en arrière, les mains derrière le dos.

— C'est cette jolie dame qui va vous emmener, dit Haven en lui indiquant une jument alezane qui attendait patiemment à l'un des poteaux de la clôture.

Steve monta en selle, puis Haven lui tendit Alicia. Le jeune homme recula pour faire de la place à la petite fille devant lui. Elle vibrait d'énergie tellement elle était excitée. Elle se pencha pour caresser le cou du cheval de ses petites mains.

— Tu es un joli cheval, dit-elle à plusieurs reprises, tout en continuant à frotter le cou de l'animal. Comment elle s'appelle ? demanda-t-elle en regardant Steve.

Heureusement, Haven se trouvait encore à proximité.

— Elle s'appelle Lulu, dit-il avec un grand sourire en montant sur un autre cheval avec un petit garçon. Tout le monde est prêt ?

Il y avait quatre chevaux et huit cavaliers dans leur groupe. Haven prit la tête et fit sortir tout ce petit monde dans la cour, puis s'engagea le long d'un sentier.

— Nous irons jusqu'à la rivière, puis nous reviendrons. Cela ne devrait pas être trop long.

Steve jeta un dernier coup d'œil à l'attroupement serré autour de Wilson. Il voulut lui faire un geste de la main, mais le chanteur ne s'était même pas rendu compte qu'il avait disparu. Alicia parlait sans s'arrêter, en commentant tout ce qu'elle voyait, depuis les arbres, la chaleur du soleil, jusqu'à la façon dont le cheval marchait. Il garda un œil sur elle et répondit à ses nombreuses questions du mieux qu'il le pouvait, mais son esprit semblait revenir continuellement vers Wilson. Peut-être qu'il se faisait des illusions en croyant qu'un homme aussi célèbre que lui pourrait vraiment tomber amoureux d'un petit dresseur de la campagne comme lui. Après tout, il n'avait rien à lui offrir. Et puis, Wilson s'en irait bientôt pour le tournage de son film.

— Ne sois pas triste, dit Alicia en se retournant pour le regarder.

Steve lui adressa un sourire rassurant. Alors qu'ils s'approchaient de la rivière, les enfants tentèrent de les convaincre de les laisser descendre pour jouer dans l'eau, mais Haven resta inflexible. Il savait que les parents n'apprécieraient pas que leur progéniture revienne complètement trempée. Sans oublier qu'il n'y avait rien de pire qu'une selle humide. Alors qu'ils longeaient la rivière, une brise agréable caressa les feuilles des grands arbres qui bordaient le cours d'eau.

— On pourra revenir faire un pique-nique ici un autre jour ? demanda Alicia en levant la tête pour regarder les arbres. Je n'ai jamais vu des arbres comme ça avant. Où sont passés les palmiers ?

Steve se mit à rire doucement.

— Il n'y a pas de palmiers ici. Il fait beaucoup trop froid en hiver. Ici, il y a d'autres sortes d'arbres. Regarde, dit-il en indiquant un endroit de sa main. Ces arbres perdront leurs feuilles en hiver, mais avant ça, Mère Nature les peindra de toutes sortes de couleurs différentes. Ce sera très beau, tu verras.

Steve reprit les mots qu'avait employés sa mère pour lui expliquer les saisons lorsqu'il était enfant. Alicia semblait fascinée.

— C'est qui, Mère Nature ? Est-ce qu'on peut aller lui rendre visite pour la regarder peindre les feuilles ? Je veux voir les couleurs, dit Alicia avec un air déterminé.

— Mère Nature prend soin de tous les animaux et des plantes. Elle est très occupée et nous devons la laisser faire les choses à son rythme. Mais je te promets que tu ne rateras pas le changement des couleurs

Ils rentèrent au ranch et, à peine posée à terre, Alicia se précipita dans la cour à la recherche de sa mère. Elle s'arrêta brusquement en cours de route et se tourna vers Steve.

— Merci, oncle Steve, cria-t-elle avant de reprendre sa course effrénée.

Un petit garçon d'environ six ans s'approcha timidement de lui. Steve s'accroupit à sa hauteur.

— Moi, c'est Steve. Comment t'appelles-tu ?

— Carl, répondit-il en se cachant à moitié derrière son cheval.

— Quel âge as-tu, Carl ? demanda-t-il.

— J'ai cinq ans, répondit le petit garçon en levant une main et en écartant tous ses doigts avec un grand sourire. Est-ce que tu es venu avec Willie Meadows ?

— Oui. Je m'occupe de ses chevaux, expliqua-t-il en réprimant un sourire sarcastique que le pauvre gamin n'aurait pas compris.

— Ma maman dit que c'est un beau gosse. Elle a dit qu'elle savait qu'il serait là aujourd'hui et qu'elle allait essayer de lui mettre le grappin dessus, mais je ne sais pas ce que ça veut dire.

Carl fit une drôle de grimace et Steve dut se contenir pour ne pas exploser de rire. Il lui souhaitait bonne chance.

Une fois tous les enfants descendus de cheval, Steve aida Haven à desseller les chevaux avant de les relâcher dans leur enclos.

Il retourna à la fête en évitant délibérément de s'approcher du groupe de personnes qui entourait Wilson. Il fila droit vers le bas, il avait besoin d'une bonne bière, ou deux. Voire même six. Accoudé au bar, il jeta un regard sur la foule en sirotant sa bière et entraperçut Wilson. Il avait un sourire forcé sur le visage, et il semblait épuisé. Leurs regards se croisèrent pendant une fraction de seconde, puis une grande blonde, mince, aux longs cheveux brisa le contact en entrant dans leur champ de vision. Steve reconnut le petit Carl debout à côté d'elle, et secoua la tête en levant les yeux au ciel. C'était donc elle qui voulait lui « mettre le grappin dessus ». Si la pauvre savait, elle n'était clairement pas du bon calibre.

Il savait que c'était pathétique, mais il ne pouvait pas détacher ses yeux du chanteur plus de quelques secondes. Il avait envie de le toucher, de le tenir dans ses bras, de chasser la concurrence en montrant les dents comme un animal. La mère de Carl rejeta la tête en arrière avec exagération pour rire à gorge déployée et exhiber sa poitrine généreuse. Steve songea brièvement à chercher quelqu'un avec qui il pourrait parler, lorsque le regard de Wilson croisa de nouveau le sien. Le sourire qu'il offrit au jeune homme était tellement différent du masque qu'il avait affiché ces dernières heures, que le contraste en était presque choquant. Il s'excusa auprès des personnes autour de lui, et s'avança vers le jeune homme.

Steve sourit à son tour, avant de se reprendre aussitôt et d'afficher une expression neutre ; il n'avait pas besoin de montrer à tout le monde à quel point il était heureux d'avoir l'attention de Willie Meadows. Tendant la main vers une glacière, il sortit une bouteille de bière, l'ouvrit et la tendit à Wilson.

— Seigneur ! Dieu sait à quel point j'en ai besoin ! s'exclama Wilson en descendant la bouteille d'une seule traite. C'est presque aussi pénible qu'une soirée mondaine de Los Angeles. Je me demande même si ce n'est pas pire, dit-il en se tournant vers le groupe qu'il venait de quitter. La grande blonde vient juste de me mettre la main aux fesses !

Steve tenta de noyer un grognement de jalousie dans une gorgée de bière.

— Cette femme est vraiment insistante, souffla Wilson en se frottant la nuque.

— J'ai fait une promenade à cheval avec son fils, il m'a informé que sa mère voulait « te mettre le grappin dessus ».

Steve se mordit l'intérieur des joues pour ne pas éclater de rire, mais il échoua lamentablement.

— Il n'y a qu'une seule personne que j'autorise à me mettre le grappin dessus, répondit Wilson avec un clin d'œil.

Steve sourit avant de détourner le regard, dissimulant son visage rougissant derrière sa bouteille.

— Ah ! Willie ! Vous voilà !

La plantureuse blonde se jeta sur lui et l'attrapa par le bras.

— J'adorerais cuisiner pour vous, dit-elle d'une voix séductrice, et Steve s'éloigna pour ne pas faire de commentaire désobligeant.

— Ce serait avec plaisir, mais je risque de ne pas être très disponible dans les mois à venir. J'ai beaucoup de travail, expliqua gentiment Wilson.

Imperturbable, elle frotta son ample poitrine contre son bras pour qu'il comprenne exactement la teneur de l'offre.

— Cheryl, je crois que Carl a besoin de vous. Il est là-bas, tout seul près de la grange, l'informa Wally en se joignant à eux.

Elle hésita un instant, indécise, avant de relâcher à contrecœur le bras de Wilson, et de s'éloigner en ondulant des hanches, perchée sur ses talons de dix centimètres de haut.

— Cette femme est une véritable menace, chuchota Wally. On ne l'a invitée que parce que le petit Carl adore les chevaux, et il ne mérite pas d'en être privé juste parce que sa mère est une croqueuse d'hommes invétérée.

Wally la fusilla du regard en mimant un frisson de dégoût dramatique.

— L'année dernière, elle a essayé de s'en prendre à Dakota. J'ai été contraint de lui expliquer gentiment que si elle ne laissait pas mon homme tranquille, j'utiliserais ses talons aiguilles pour lui faire un joli petit trou entre les deux yeux, raconta-t-il avec un sourire impitoyable. Ce jour-là, elle nous a prouvé à tous qu'il était parfaitement possible de courir avec de tels talons.

Steve la vit revenir dans leur direction.

— Viens jouer avec moi au stand des fers à cheval, dit-il en pressant Wilson dans cette direction.

— Mais je ne sais pas jouer, protesta faiblement Wilson.

— C'est soit ça, soit vous passez la prochaine heure avec Cheryl, l'avertit Wally.

— Je vais apprendre, acquiesça Wilson à la hâte avant de battre en retraite vers le stand.

Steve n'avait jamais joué avec des fers à cheval non plus. Son père n'approuvait pas ce genre d'amusement. Il y avait beaucoup de choses que son père n'approuvait pas. Wally leur expliqua les règles, et Cheryl les observa quelques minutes, avant de finalement perdre tout intérêt et de s'en aller. Ni Wilson ni lui ne se révélèrent être des champions de lancer de fer à cheval, mais ils prirent plaisir à s'amuser à jouer, et au fond, c'était le plus important.

L'après-midi fila à toute vitesse, et un rien de temps, le dîner fut annoncé. Le père de Dakota était assis à la tête de l'une des tables et Wilson et Steve le rejoignirent, le plus loin possible de Cheryl.

— Ne soyez pas surpris si elle se présente à votre domicile, les prévint Dakota en prenant place en face d'eux. Cette femme est une vraie plaie.

— Wally nous a prévenus, ricana Steve.

— C'est aussi une véritable commère, alors soyez prudents, ajouta plus sérieusement, Dakota.

Heureusement, la conversation se tourna rapidement vers un sujet plus agréable.

— Accepteriez-vous de nous chanter une chanson plus tard ? demanda Jefferson.

Wilson hésita quelques secondes, avant d'acquiescer. À l'occasion d'un rassemblement tel que celui-ci, Willie Meadows allait être obligé de faire un petit récital.

— Je n'ai pas ma guitare par contre, expliqua-t-il, et Steve lui donna un léger coup d'épaule pour attirer son attention.

— Elle est à l'arrière du pick-up. J'ai pensé que quelqu'un allait te le demander, alors je me suis permis de l'emporter avec nous.

Steve n'était pas sûr que Wilson apprécie son idée. Il l'entendit soupirer doucement, avant de le remercier.

Après le barbecue, Dakota dit quelques mots pour remercier tout le monde d'être là ce soir, et les desserts furent servis, ce qui causa l'émoi de tous les enfants.

Un feu fut allumé dans un immense brasero, et les adultes se réunirent autour pendant que les enfants continuaient à jouer sur la pelouse. Finalement, Steve vit Wilson arriver avec sa guitare et lorsqu'il prit place, le silence se fit. Seuls les crépitements du feu brisaient le calme du crépuscule.

Steve s'installa dans un fauteuil d'où il pouvait voir Wilson sans que personne ne le remarque. Les lueurs du feu dansaient sur le visage du chanteur. Il posa sa guitare sur ses genoux et commença à la gratter. Il entama un vieux classique country qui parlait des espaces sauvages du grand ouest, de montagnes et d'eau claire. En fermant les yeux, Steve se prit à imaginer qu'ils n'étaient que tous les deux et que Wilson ne chantait que pour lui. Ils se connaissaient depuis si peu de temps, et pourtant déjà, pour Steve cette voix était devenue celle de l'amour.

La chanson terminée, il en commença une autre. Steve rouvrit les yeux et constata que tout le monde autour du feu était fasciné par la voix de son amant. Il n'était pas étonnant que Wilson rencontre autant de succès ; sa voix était unique, chaude et rassurante. Elle vous emportait dans les légendes du grand ouest au soleil couchant. Une fois que vous y aviez goûté, vous en vouliez toujours plus. Tout le monde se tenait parfaitement immobile. Steve pouvait à peine respirer, suspendu aux lèvres de Wilson. Lorsque le chanteur termina sa prestation, un silence lourd d'émotion tomba sur leur petit groupe.

Puis, progressivement, les gens sortirent de leur torpeur et se remirent à bouger. Des applaudissements éclatèrent et Wilson les remercia avant de s'éloigner du feu.

— Une petite dernière, juste pour moi, implora Cheryl en s'approchant du chanteur, la tête inclinée dans une moue boudeuse.

Steve commençait à comprendre pourquoi Wilson avait déménagé et avait acheté le ranch. Tout le monde semblait vouloir un morceau de lui : un autographe de plus, une chanson de plus, qu'il écrive un morceau de musique en plus, toujours plus, plus, plus…

Le jeune homme se leva, prit gentiment, mais fermement la guitare des mains de Wilson et, sans un mot, alla la ranger dans le pick-up. Il ne laisserait personne vampiriser son amant tant qu'il serait dans les parages. Wilson était une personne généreuse, et si personne ne l'arrêtait, il donnerait et donnerait encore, jusqu'à ce qu'il ne lui reste plus rien. Il avait vu le regard reconnaissant sur le visage de Wilson lorsqu'il était venu à sa rescousse, et il savait que ce regard n'était que pur lui. Il referma la portière, s'adossa un instant contre le véhicule, et prit une grande inspiration en scrutant l'obscurité totale. Puis il se redressa pour rejoindre la chaleur et les rires autour du feu, pour rejoindre Wilson.

Une main se posa sur son épaule et Steve se retourna, découvrant avec horreur une paire d'yeux qui ne lui était que trop familière.

— Nous sommes venus te chercher.

Le cœur de Steve cessa de battre. Il savait qu'il aurait dû crier, mais aucun son ne sortit de sa gorge. Pétrifié de peur, impuissant, il ne put que les regarder.

# VII

WILSON CONTINUA de regarder l'endroit où Steve avait disparu et, après quelques minutes, il se leva pour partir à sa recherche. Après un détour par le bar pour s'assurer qu'il n'y était pas, il s'avança vers la zone de parking qui était plongée dans le noir. Ce qu'il vit l'arrêta net. Il aurait reconnu Steve n'importe où, à sa simple façon de se tenir et de bouger, mais il ne connaissait absolument pas les deux hommes qui l'encadraient d'un air menaçant. Écoutant son instinct, il accéléra le pas et s'approcha du jeune homme.

— Est-ce que tout va bien ?

— Ce sont les hommes envoyés par mon père, répondit Steve d'une voix tremblante.

Wilson s'interposa immédiatement entre eux et posa sa main sur le dos du jeune homme pour le rassurer.

— Vous avez deux secondes avant que j'appelle du renfort, et je préfère vous prévenir, il y a beaucoup de gens ici qui n'hésiteront pas une seconde à nous prêter main-forte.

Wilson ne laisserait personne emmener Steve où que ce soit.

— Une seconde, tout le monde se calme, intervint l'un des deux hommes. Nous sommes à la recherche de Steve depuis des mois. Il s'est enfui de l'hôpital et n'a plus jamais donné signe de vie.

— Alors mon fanatique de père vous a envoyé à mes trousses, c'est ça ? demanda Steve, et Wilson pouvait sentir la tension contenue dans sa voix. Je ne retournerais jamais là-bas, vous m'entendez ? Jamais ! Vous pouvez en informer mon père et me laisser vivre ma vie tranquille.

Wilson l'observa, envahi par un soudain sentiment de fierté et d'admiration pour ce jeune homme courageux.

— Il y a un malentendu, répondit l'homme. Tu crois que c'est ton père qui nous a envoyés ?

Il secoua sa tête.

— Pas du tout. Nous avons été envoyés par d'autres membres de la communauté qui s'inquiétaient et qui voulaient s'assurer que tu étais en vie et en sécurité. Ils n'étaient pas contents de la façon dont ton père te traitait. Une révolte gronde depuis des semaines, plus personne ne veut se rallier à la folie fanatique de ton père. Ils nous ont demandé de te retrouver afin de voir si tu serais prêt à les aider à l'évincer.

Wilson regarda Steve, puis les deux hommes.

— Il n'est pas intéressé, dit-il fermement.

L'un des deux hommes s'approcha de lui.

— Vous êtes le gars qui nous a envoyés sur une fausse piste il y a quelques semaines.

Wilson haussa un sourcil désintéressé sans rien répondre, et l'homme recula en grimaçant, avant de se tourner vers Steve.

— Ton père ne sait pas où tu es. Il a demandé à Rose de lire tes mails, mais elle ne lui a jamais parlé du travail que tu avais trouvé. Ton père a eu tort de te traiter comme il l'a fait.

Wilson leva sa main en l'air pour les faire taire. Il en avait assez de comploter dans l'obscurité comme dans un mauvais film de gangsters.

— Écoutez, vous venez d'interrompre une fête à laquelle vous n'êtes pas invités d'une manière plus que suspecte. Vous savez déjà où vit Steve, Dieu sait que vous êtes passés devant le ranch suffisamment souvent, vous êtes d'une discrétion déplorable. Je vous suggère de vous en aller et de revenir demain matin, tard, ajouta-t-il avec emphase, et nous reparlerons de tout ça. Et ne jouez pas aux malins, nous serons nombreux.

Ils acquiescèrent et s'éloignèrent sans insister. Wilson les regarda traverser la cour et se diriger vers la route. Leurs silhouettes disparurent dans les ténèbres et, quelques minutes plus tard, il vit un pick-up démarrer et s'éloigner.

Il n'avait aucune idée de ce qu'il fallait penser de cette rencontre.

— C'était bien les hommes qui étaient après toi ? Tu es sûr de les avoir reconnus ?

— Oui. Ce sont les deux hommes qui sont venus au ranch après ton départ pour Los Angeles, acquiesça-t-il.

Il se sentait tellement bête d'avoir paniqué comme ça ce jour-là.

— Et dire qu'ils essayaient de me retrouver parce qu'ils étaient inquiets.

Wilson émit un bruit perplexe en continuant de regarder l'endroit où leur véhicule avait disparu. Il n'était pas certain de croire à leur histoire.

— Nous verrons demain si leur histoire tient la route. En attendant, je ne te quitte plus des yeux.

Wilson frissonna malgré lui. Et s'ils avaient dit la vérité ? S'ils voulaient que Steve revienne avec eux pour les aider à se débarrasser de son père ? Et si son amant acceptait de les accompagner ? Il avait grandi dans cette communauté. Peut-être que le jeune homme désirait rentrer chez lui ? Cette pensée le terrorisait, il s'était tellement attaché au jeune homme. Il ne savait pas s'il supporterait la douleur de son départ. Bien entendu, il ne l'empêcherait pas de s'en aller si c'était vraiment ce que Steve souhaitait, mais il en souffrirait terriblement.

— Allons chercher Alicia et Maria, dit Wilson. Je crois qu'il est temps de rentrer à la maison.

Steve acquiesça d'un air distrait. Maria était prête à partir. Alicia s'était endormie dans ses bras depuis déjà un moment. Wilson la prit délicatement dans ses bras et la porta jusqu'au pick-up. Une fois tout le monde installé dans le pick-up, il prit le chemin de la maison.

Ils avaient tous passé un très bon moment, mais la journée avait été longue, et riche en émotions. Durant le court trajet, Wilson se tourna vers Steve à plusieurs reprises en essayant de deviner à quoi il pensait, sans grand succès.

Il déposa d'abord Maria et Alicia juste devant leur petite maison et, après leur avoir souhaité bonne nuit, elles rentrèrent se coucher. En se garant enfin dans la cour du ranch, Wilson ne savait pas quoi dire. Il voulait supplier Steve de ne pas partir, de rester avec lui, mais il savait que ce ne serait pas juste. Si le jeune homme voulait partir, il serait cruel de lui faire du chantage émotionnel.

— Je vais passer voir comment vont les chevaux, murmura Steve une fois que Wilson coupa le moteur de la voiture. Je reviens tout de suite.

Wilson récupéra sa guitare sur la banquette arrière, puis se dirigea vers la maison. Il n'entra pas. Au lieu de ça, il s'assit sur l'une des chaises que Steve avait remise à neuf, posa son instrument sur ses genoux et se mit à jouer. Contrairement à la dernière, cette nouvelle chanson lui vint en une seule fois, et il savait de quoi elle allait parler : de sa peur et de son incertitude. Une fois le morceau terminé, il le joua encore et encore, imprimant la mélodie dans son cerveau. Puis, il ouvrit la bouche et les mots se posèrent d'eux-mêmes sur les notes mélancoliques. Il chanta la nuit, la nuit solitaire avec seulement les étoiles pour compagnie. Il chanta ce que le ranch deviendrait pour lui si Steve venait à partir.

Lorsque Wilson rouvrit les yeux, il se demanda combien de temps il était resté en transe, possédé par l'inspiration. Steve n'était toujours pas revenu de la grange. Le cœur lourd, il se releva et rentra dans la maison. Il alla s'installer à son bureau pour écrire les paroles et la mélodie qu'ils venaient de créer, puis il les scanna et les envoya par mail à Howard.

Il entendit le bruit de la porte d'entrée, et il se tourna vers son radio-réveil, étonné de constater qu'il ne s'était écoulé qu'une heure depuis qu'ils étaient rentrés du barbecue.

Il entendit les pas de Steve dans le couloir, puis la porte de sa chambre s'ouvrit, une main effleura son épaule, et Steve posa ses lèvres contre sa joue, juste en dessous de son oreille.

— Tu m'as défendu ce soir, dit-il, et Wilson se retourna.

Bien sûr qu'il l'avait défendu ! Il s'inquiétait pour lui. *Il l'aimait.* À cette seconde, il comprit enfin ce qu'il ressentait. Il ouvrit la bouche pour lui dire les mots, mais Steve l'embrassa ardemment, prenant possession de ses lèvres. Wilson se leva de sa chaise, glissa ses mains autour de la taille du jeune homme et le guida vers le lit, arrachant sa chemise en chemin. La sienne suivit assez rapidement, et ils tombèrent ensemble sur le lit, dans un enchevêtrement de bras et de jambes. Le reste de leurs vêtements rejoignit rapidement leurs chemises sur le sol.

Ils s'explorèrent mutuellement, de leurs mains et de leurs bouches, curieuses et affamées de peau. Il y avait quelque chose de différent dans leurs gestes et dans les pauses entre chacun de leurs soupirs ce soir-là. Wilson réalisa qu'ils ne couchaient pas simplement ensemble, ils faisaient l'amour. Il espérait que Steve ressentait la même chose, mais il ne pouvait pas en être sûr. Cette fois encore, il était si près de laisser ces trois petits mots franchir ses lèvres, mais une peur irrationnelle les gardait emprisonnés dans sa gorge. Alors, il laissa son corps parler pour lui en espérant que Steve comprendrait.

Lorsqu'il pénétra le jeune homme cette nuit-là, Steve le chevaucha, à califourchon sur lui, une lueur sauvage dans le regard, et Wilson laissa Steve prendre ce dont il avait besoin. Lorsqu'il atteignit l'orgasme dans un éclair de lumière aveuglante, Steve le suivit de près. Ensemble, ils retombèrent sur le côté entre les draps froissés, haletants et heureux. Steve se blottit contre lui, et Wilson s'endormit, bercé par les battements de son cœur.

ILS NE dormirent pas beaucoup. Steve eut le sommeil agité et Wilson fut forcé de le tirer de ces cauchemars à plusieurs reprises.

Il se sentait presque aussi perdu que le jeune homme. Si ces hommes mentaient, et qu'ils étaient venus chercher Steve sur ordre de son père, Wilson avait l'option de se battre pour son jeune amant, mais s'ils étaient vraiment là pour lui offrir le choix de regagner la communauté, quelle arme avait-il contre ça ?

— Je suis là, tout va bien, murmura-t-il en serrant Steve entre ses bras.

Il poussait des petits gémissements désespérés qui se calmèrent progressivement sous les caresses de Wilson. Il dut finir par s'assoupir, car ce furent les voix de Maria et d'Alicia dans la cuisine qui le tirèrent du sommeil quelques heures plus tard.

Il quitta le lit en prenant soin de ne pas réveiller Steve, et se dirigera vers la salle de bain. Après s'être habillé, il se rendit dans la cuisine.

— Est-ce que le Señor Steve va bien ? demanda Maria en lui tendant une tasse de café fumant.

Il acquiesça simplement, accepta la tasse avec gratitude, et Maria n'insista pas, retournant à ses fourneaux.

— Deux hommes vont passer au ranch ce matin, commença-t-il en se demandant comment il allait bien pouvoir lui expliquer la situation.

— S'agit-il des hommes de la nuit dernière ? Je vous ai vu parler avec eux. Le Señor Steve n'avait pas l'air heureux, dit Maria sans relever les yeux de sa casserole.

Cette femme avait des yeux de faucon.

— Alicia et moi retournerons à la maison après le petit déjeuner, mais vous promettez d'appeler si vous avez besoin de nous, d'accord ?

Ce fut seulement après qu'il lui en eut fait la promesse qu'elle lui tendit une assiette bien remplie.

Steve les rejoignit quelques minutes plus tard, l'air hagard, et s'assit à table. Ils mangèrent en silence, avec pour seule interruption le cliquetis des couverts dans les assiettes.

Steve poussa mollement sa nourriture du bout de sa fourchette, sans jamais vraiment avaler quoi que ce soit. Il finit par se lever, prit sa tasse de café avec lui, et disparut par la porte d'entrée. Le chanteur le regarda partir et décida de ne pas le suivre immédiatement. Le jeune homme avait sans doute besoin de réfléchir.

Son téléphone sonna alors qu'il finissait de manger.

— Bonjour, Howard.

— C'est un chef-d'œuvre ! cria son manager sans même prendre la peine de la saluer. Cette chanson que tu m'as envoyée est tout simplement magnifique. J'allais dire qu'elle était encore meilleure que l'autre, mais elles sont toutes les deux parmi les meilleures que tu n'aies jamais écrites ! Je ne sais pas ce qui t'arrive en ce moment, mais continue !

L'enthousiasme de Howard était pour le moins inattendu, mais pas désagréable à entendre.

— Je vais la passer à la maison de disques ce matin. Ils vont adorer. Comment ça va sinon dans ta campagne ?

— J'ai retrouvé l'inspiration, répondit Wilson en prenant une gorgée de café.

— Oui, ça d'accord, mais quelque chose me dit que ce ne sont pas les paysages du Wyoming qui alimentent ta créativité.

Il y avait une certaine prudence dans la voix de Howard.

— Écoute Willie, je ne veux pas me mêler de ce qui ne me regarde pas, mais tu devrais être très prudent. Si ta relation avec ce gamin s'apprend...

— Howard, s'il te plaît.

— Ne me prend pas pour un imbécile, Wilson. Dès la première chanson, j'ai su que tu parlais de lui.

À l'autre bout du fil, Howard poussa un immense soupir.

— Tu mérites d'être heureux, et bon sang, je te le souhaite. Mais je ne veux pas que ce bonheur vienne avec un prix que tu n'es pas prêt à payer.

La ligne resta silencieuse et après quelques secondes, Howard reprit.

— Combien de temps penses-tu mettre pour écrire le reste ?

— Je te le dirai quand ce sera fait. Je vais là où la musique me guide, ça ne se programme pas.

C'était tout ce qu'il pouvait promettre. La plupart des gens ne comprenaient pas qu'il ne pouvait pas agir sur sa capacité à écrire de la musique. Quand l'inspiration se manifestait, il en profitait, mais s'il essayait de se forcer, il n'obtenait rien de bon. Jusqu'à présent, sa méthode ne lui avait jamais donné tort.

— Je t'enverrai mes compositions au fur et à mesure, ne t'en fais pas.

— Très bien. Je vais passer te voir ce week-end. Nous pourrons lire le script et les contrats du prochain album ensemble.

Howard cessa de parler et Wilson attendit. Il savait qu'il n'avait pas fini.

— Je sais que tu es heureux là-bas, je ne viens pas pour te kidnapper. Je te laisserais les papiers pour les examiner tranquillement, et tu pourras me dire quelle suite tu veux leur donner.

Était-ce le même Howard ?

— Qu'est-ce qui t'arrive ? Tu ne me forces pas la main ?

Howard hésita un long moment avant de répondre.

— Je crois que je comprends mieux le choix que tu as fait. J'ai eu beaucoup de temps pour réfléchir. Maintenant que je ne suis plus obligé de te baby-sitter vingt-quatre heures sur vingt-quatre.

— Très drôle, Howard, ironisa maladroitement Wilson, mais c'était agréable d'entendre le bonheur dans la voix de son ami.

— J'ai rencontré quelqu'un. Nous avons eu quelques rendez-vous et elle est vraiment gentille. Jolie, terre-à-terre et intègre.

Son manager semblait presque euphorique.

— Tu mérites d'être heureux aussi, Howard. Tu me raconteras tout ça ce week-end. Est-ce qu'elle vient avec toi ?

— Non. Linda doit travailler. Il n'y aura que moi. Je te dis à bientôt alors ?

Howard raccrocha et Wilson posa son téléphone sur la table. Après avoir fini son café, il était sur le point d'aller dans la grange, lorsque Steve revint. Il s'assit dans l'un des canapés du salon et alluma la télévision. Wilson s'assit à côté de lui. Maria leur apporta deux tasses de café, puis, comme convenu, elle et Alicia les laissèrent seuls.

Très peu de temps après, quelqu'un frappa à la porte. Steve sursauta si violemment qu'il faillit renverser sa tasse. Wilson lui toucha le bras pour le rassurer avant de se lever pour aller ouvrir. Les deux hommes de la veille se tenaient sur le porche. À la lumière du jour, il dut admettre qu'ils avaient l'air beaucoup moins intimidants. Il ne savait pas à quoi il s'attendait ; deux agents en costumes noirs à la *Men in Black*, sans doute, mais pas à deux types en bermudas et en polos.

— Entrez et asseyez-vous, dit-il en reprenant place aux côtés de Steve.

Steve releva les yeux et les regarda, sans dire un mot.

— Le plus simple, je pense, serait que vous nous expliquiez pourquoi vous êtes ici, commença Wilson en tendant la main pour prendre celle de Steve, avant de se retenir au dernier moment. Je propose déjà de faire les présentations.

— Je suis Gilbert et voici mon frère, Jerry. Nous connaissons Steve de la communauté, mais nous n'avons pas souvent été en contact avec lui à l'époque. Après que son père, David, l'a envoyé à l'hôpital, nous avons décidé de garder un œil sur lui, mais nous n'avons pas été en mesure de l'approcher. Après qu'il s'est enfui, nous sommes partis à sa recherche, expliqua l'homme avant de se retourner vers Steve. Nous avons retrouvé ta trace grâce à tes emails. L'offre d'emploi que tu as reçue à l'origine a été ouverte par Rose et elle a fait en sorte que ton père ne le voit pas. Elle l'a lu et te l'a fait suivre.

Steve hocha la tête.

— Je me demandais comment quelqu'un pouvait déjà savoir où j'étais.

Sa voix sonnait plate, vide d'émotion.

— Et est-ce que je peux savoir ce que vous êtes venus faire ici ?

Gilbert regarda Jerry, puis Steve, qui croisa ses bras sur son torse comme pour se protéger.

— Nous t'avons expliqué hier que beaucoup des gens de la communauté commençaient à s'opposer aux méthodes de ton père, mais ils ont beaucoup trop peur pour agir.

Steve hocha lentement la tête.

— Ils ont raison d'avoir peur. Mon père est fou, rien n'arrêtera sa soif de pouvoir.

— Lorsque tu t'es enfui de cet hôpital, cela a redonné de l'espoir aux gens. La rumeur s'est répandue que, peut-être, tu reviendrais et que cela pourrait signifier la fin du règne de ton père. Mais tu n'es jamais revenu, alors Jerry et moi sommes partis à ta recherche.

— Et que pense mon père de votre petite initiative ? demanda Steve sur un ton cruel. Et tous ces gens qui attendent mon retour comme celui du sauveur, où étaient-ils quand mon père m'a enfermé dans une petite pièce en béton pendant des jours ?

Le son de sa voix de Steve augmenta, chargé de colère et de rancœur.

— Il reste ton père, dit Gilbert, comme si cela expliquait tout. Personne n'aurait osé lui dire comment élever son fils.

La patience de Wilson commençait à s'effriter.

— Il est un être humain avant d'être un fils, et personne, pas même son père tout puissant, dit-il, laissant le sarcasme suinter dans sa voix, n'a le droit d'emprisonner quelqu'un contre sa volonté.

Qui pouvait faire une chose pareille.

— Nous ne savions pas ce qui s'était passé au début. David ne révèle rien à personne. Il nous a dit que Steve était malade, car pour lui, être gay est une maladie. Nous n'avons appris les détails que bien longtemps après que tu t'es enfui.

Gilbert déglutit et le regarda d'un air suppliant.

— Je te le jure, nous ne savions pas.

Steve ne sembla pas apaisé pour autant.

— Qu'est-il arrivé à Kyle ?

— Sa famille est partie au milieu de la nuit. Heather les a vus emballer leurs affaires et disparaître, elle dit qu'ils sont partis pour faire pénitence, parce qu'ils avaient honte, mais…

Gilbert regarda Jerry, cherchant un soutien et il sourit faiblement.

— … nous pensons qu'ils sont partis sans l'accord de ton père. Je ne sais pas où ils sont allés, mais ils sont partis. Tout ce que nous voulions, c'était mener une vie simple et droite, nous aider les uns les autres, vivre en bon chrétien, être fraternels. Mais ton père s'est emparé de la religion pour construire une idéologie haineuse, et les choses sont allées beaucoup trop loin.

Gilbert avait l'air dévasté. Aujourd'hui, il doutait de tout ce en quoi il avait toujours cru.

— Nous n'avions même pas réalisé l'urgence de la situation, jusqu'à ce que nous apprenions ce qui t'était arrivé.

— Est-ce que tu vas nous aider ? le supplia, Jerry se penchant en avant dans sa chaise. C'est pour ça que nous voulions désespérément te retrouver. Nous avons besoin de ton aide.

Wilson détailla les deux hommes du regard, puis Steve, avant de revenir à nouveau à eux et dans un moment de clarté, il vit Gilbert et Jerry pour ce qu'ils étaient vraiment : des moutons. Ils suivaient Steve depuis des semaines sur plus d'un millier de kilomètres parce qu'ils avaient besoin de quelqu'un pour les guider. Pour aller où ? Wilson n'en avait aucune idée, et il doutait que même Gilbert et Jerry le sachent. Steve ne dit rien, il semblait perdu dans ses pensées.

— Ce que vous voulez en somme, c'est que quelqu'un résolve vos problèmes pour vous. Mais réfléchissez un peu à la manière dont vous vous êtes retrouvé dans cette situation, lança Wilson, effaré par leur attitude.

— Vous ne comprenez pas, se défendirent les deux hommes en secouant la tête.

Wilson se détourna d'eux pour regarder Steve et il put lire le conflit et la confusion sur son visage. Il voulait les aider, mais il ne savait pas comment.

— Je crois que je comprends très bien, dit-il en regardant son amant. Tu ne leur dois rien, Steve. Ils se sont mis dans ce pétrin en suivant aveuglement ton père. Ils n'ont jamais remis sa parole en question, ils n'ont jamais cherché à savoir si ses convictions étaient justes. Ils ont profité de leur vie en remettant leur sort entre les mains de quelqu'un d'autre, parce qu'ils ne voulaient pas de cette responsabilité. Et maintenant qu'ils ont ouvert les yeux, ils veulent que quelqu'un d'autre vienne à leur rescousse et leur dicte encore quoi faire, c'est ridicule !

Wilson regarda les deux hommes, les défiant de le contredire.

117

— Comment peux-tu en être si sûr ? demanda doucement Steve.

— Parce que je l'ai déjà vécu avant, répondit Wilson. J'ai eu un... ami.

Il s'agissait en réalité d'un membre de son groupe, mais il ne connaissait pas Gilbert et Jerry, et il n'avait aucune envie de se dévoiler devant eux.

— Le problème venait toujours de quelqu'un d'autre. S'il faisait une erreur, il avait toujours une excuse. Comme j'étais le leader, ça retombait souvent sur moi. Au fil du temps, la pression a commencé à monter, et lui à faire de plus en plus d'erreurs. Il ne venait plus au travail, il trempait dans des histoires d'argent scabreuses.

Wilson jeta un coup d'œil aux deux hommes afin de s'assurer qu'ils comprenaient où il voulait en venir.

— Le jour où nous l'avons renvoyé pour usage de drogue, ce n'était bien entendu pas de sa faute, c'était la mienne.

— Nous n'utilisons pas de drogues, s'indigna Gilbert.

— Peut-être pas. Mais vous êtes tout aussi irresponsables. Tout est toujours de la faute de quelqu'un d'autre. Tout ce qu'il vous faut, c'est un bon leader, quelqu'un qui prendrait toutes les décisions à votre place afin que vous puissiez vivre en toute insouciance. Et puis si les choses tournent mal, cela ne sera jamais de votre faute, après tout, vous ne saviez pas, vous n'étiez pas responsable.

Les mots sortaient avec toute la force de ses convictions, sans doute plus sévères que nécessaire.

— Steve n'est pas votre sauveur, et il ne vous doit rien. Sa vie lui appartient, et il est libre de la vivre là où il veut, et d'en faire ce qu'il veut.

Les yeux de Wilson se focalisèrent sur Steve, espérant qu'il lise entre les lignes. Il serait dévasté si le jeune homme partait, mais c'était une décision qu'il devait le laisser prendre tout seul. Il aurait voulu pouvoir le serrer dans ses bras et ne jamais le laisser partir, mais il savait que ce n'était pas la solution. Steve devait prendre ses propres décisions.

— Ne les juge pas trop durement, dit-il d'une voix calme. Dans la communauté, nous avons toujours pris soin les uns des autres, même dans les moments les plus difficiles.

Wilson sentit son cœur se serrer dans sa poitrine, comme s'il pouvait sentir que Steve s'éloignait déjà de lui.

118

— Tu vas partir avec eux ? demanda-t-il.

Steve se retourna, une expression vide sur le visage, jusqu'à ce que son regard se recentre sur Wilson et que son expression se radoucisse considérablement.

— Non. Je ne vois aucun intérêt à y retourner. Mon père a perdu la raison, il n'y a plus rien d'autre à faire que de le quitter, de partir loin de lui sans se retourner.

Il se retourna vers Jerry et Gilbert.

— Si vous pensez que je serais un bon remplaçant, alors vous vous trompez. Je suis heureux ici, j'ai une vie, des gens qui se soucient de moi et ne me jugent pas.

— Personne ne te juge, dit faiblement Gilbert, mais Steve secoua la tête.

— En choisissant de ne pas réagir, vous avez laissé mon père me juger. Kyle et sa famille ont perdu leur maison, une communauté qu'ils aimaient, simplement parce qu'aucun d'entre vous n'a osé les soutenir.

Steve posa une main confiante sur l'avant-bras de Wilson.

— Si vous voulez mettre fin au règne de mon père, il va falloir prendre vos responsabilités et agir par vous-même. Ce n'est plus de mon ressort. Il est temps que vous preniez votre destin en main, que vous vous exprimiez. C'est ça, ou bien faire le mort et subir, comme vous le faites depuis des années.

Steve se leva et se dirigea vers la porte.

— Je vous remercie d'être venus, ne serait-ce que pour m'avoir dit que Kyle allait bien. Lui et sa famille étaient des gens bien, ils ne méritaient pas d'être traités comme vous l'avez fait. Personne ne mérite d'être traité ainsi. Je sais que vous n'avez rien fait à proprement parler, et c'est sans doute ce qui vous rend si coupables. Vous aviez le pouvoir d'arrêter les choses, mais vous avez préféré regarder sans intervenir.

Steve semblait se tenir de plus en plus droit, à mesure que les mots sortaient de sa bouche.

— Je vous souhaite bonne chance.

— C'est tout ? demanda Gilbert. Tu ne changeras pas d'avis ?

Steve secoua définitivement la tête.

— Non. J'ai ma propre vie maintenant et elle n'est pas là-bas.

Il adressa un petit sourire à Wilson qui sentit, enfin, son estomac se dénouer.

— Soyez prudent sur le chemin du retour et faites attention à vous. J'espère sincèrement que vous serez capables de faire ce que vous devez. Je vous demande juste de ne pas dire à mon père où je me trouve. Je ne veux plus le voir, peu importe ce qui lui arrivera.

Gilbert se leva avec un soupir et Jerry le suivit, juste derrière.

— Nous comprenons, dit Gilbert, regardant Wilson avant de revenir sur Steve. Je suis quand même heureux de t'avoir retrouvé. Au moins, nous savons que tu vas bien. Et nous n'avons aucunement l'intention de révéler quoi que ce soit à ton père.

Steve leur serra la main à tous les deux, et leur ouvrit la porte. Wilson regarda son amant qui se tenait sur le seuil d'entrée. À travers la porte-écran, il entendit les portières de leur pick-up se refermer, puis le son des pneus sur le gravier alors qu'ils s'éloignaient.

— Tu penses qu'ils sont partis pour de bon ? demanda Steve sans le regarder.

— S'ils ont dit la vérité, alors oui. Il n'y a plus rien qui les retient ici. Et toi ? Tu vas vraiment rester ?

Le jeune homme referma la porte et s'approcha du canapé, se laissant tomber à côté de lui.

— Oui. Je me plais ici, et peu importe ce qu'ils peuvent en penser, il n'y a plus rien pour moi dans la communauté à part du chagrin et de la douleur.

Steve sourit largement et Wilson l'attira dans un baiser qui s'approfondit rapidement. Au moment où ils s'apprêtaient à se déshabiller, quelqu'un frappa à la porte. Wilson soupira et regarda dehors. Une voiture était garée dans l'allée. Il donna un dernier baiser à son amant, et ils se séparèrent rapidement.

— Une minute, cria-t-il en reboutonnant son jean.

Après s'être assuré qu'il était présentable, il ouvrit la porte. Une Cheryl toute souriante et très maquillée le salua, tenant entre ses mains ce qui ressemblait à une tarte. Wilson crut entendre Steve grogner derrière lui, mais lorsqu'il se retourna, le jeune homme était déjà sorti par la porte du jardin en claquant la porte avec force.

— J'ai pensé que nous pourrions apprendre à nous connaître un peu mieux. Je vous ai préparé une tarte aux cerises. Vous aimez les cerises, n'est-ce pas ? roucoula-t-elle en battant des cils.

Wilson dut se faire violence pour ne pas éclater de rire. Il accepta la tarte avec des gestes hésitants

— Merci, dit-il poliment en la laissant entrer.

Dieu seul savait ce qu'il allait bien pouvoir faire d'elle. Elle avait cette lueur dans les yeux, celle du pêcheur qui croit avoir attrapé un gros poisson. Wilson frémit en réalisant que, dans cette métaphore, le poisson c'était lui.

— Vous voulez une tasse de café ?

— Pourquoi pas ? dit-elle avec une moue séductrice qui aurait pu être comique si Cheryl n'était pas aussi déterminée.

Wilson savait qu'il devait être prudent dans ses réactions. Cheryl n'avait pas l'air d'être le genre de femme qui acceptait qu'on se refuse à elle. Elle était belle et elle le savait. Elle devait avoir l'habitude que tous les hommes lui cèdent. Malheur à celui qui oserait résister.

Wilson se dirigea vers la cuisine pour poser la tarte sur le comptoir. Il remplit deux tasses de café, et revint dans le salon. Cheryl était à moitié inclinée dans le canapé, dans une pose qui révélait ses longues jambes et sa jupe courte.

Plus elle en rajoutait, et plus Wilson se sentait mal à l'aise. Il savait qu'il devait rester amical, mais pas trop non plus, pour ne pas l'encourager.

— Alors, que faites-vous dans la vie, Cheryl ?

— Je suis serveuse au steak house en ville, répondit-elle avec un grand sourire. Je n'aime pas me vanter, mais, je suis l'une des serveuses préférées de nos clients.

Wilson la croyait sur parole. La moitié des hommes de la ville devaient probablement la réclamer, et les épouses paniquées devaient s'échiner à éloigner leurs maris d'elle.

— J'adore votre musique, ajouta-t-elle en se penchant légèrement en avant pour offrir à Wilson une vue plongeante sur son décolleté.

Il dut se retenir pour ne pas lever les yeux au ciel, en cherchant désespérément une excuse pour se tirer de cette situation.

— C'est un style très… évocateur, ajouta Cheryl.

121

— J'ai cru comprendre que vous aviez un fils, dit Wilson pour essayer de changer de sujet.

Après tout, quelle mère n'aimait pas parler de ses enfants ?

— Oui. Le père de Carl n'est pas resté très longtemps après qu'il est né. L'élever seule n'a pas été facile, il a besoin d'un homme dans sa vie. Peut-être pourrait-il venir ici et jouer avec la fille de votre domestique, la petite Alicia, c'est ça ? Elle m'a l'air d'être une petite fille très gentille.

Cheryl porta sa tasse à ses lèvres d'un rouge intense, exagérant tous ses mouvements. Wilson avait rencontré beaucoup de femmes comme ça à Los Angeles, mais il y avait quelque chose de presque dangereux chez Cheryl.

Wilson entendit la porte du jardin s'ouvrir et se refermer, puis Alicia entra dans la pièce.

L'expression de Cheryl tourna au vinaigre en une fraction de seconde. Mais aussi vite qu'il avait disparu, son sourire figé réapparut et se plaqua de nouveau sur son visage. Alicia ouvrit le coffre près du canapé et en sortit un livre. Elle le montra à Wilson qui lui sourit, et elle marcha droit sur lui en le lui tendant.

— Alicia, viens ici, appela Maria depuis la cuisine. N'embête pas Señor Wilson.

La petite fille eut l'air déçu, mais sortit du salon sans discuter. Elle revint quelques minutes plus tard, s'assit sur l'une des chaises autour de la table, et feuilleta les pages du livre avec une petite moue boudeuse.

Wilson tendit la main vers elle et elle se précipita sur ses genoux sans se faire prier.

— J'aime les hommes qui savent s'occuper des enfants, déclara Cheryl, et Wilson profita de ce changement de sujet pour alléger la conversation.

— J'ai l'habitude de lire une histoire à Alicia le matin avant d'aller faire une promenade à cheval. Vous êtes la bienvenue si vous souhaitez vous joindre à nous, offrit Wilson.

L'attitude de Cheryl changea du tout au tout. Elle regarda ostensiblement sa montre et se leva, brossant les plis imaginaires de sa petite jupe rouge.

— Je dois y aller. Profitez de la tarte et arrêtez-vous au grill un de ces soirs. Peut-être que nous pourrons discuter un peu plus.

Elle offrit un sourire éclatant, et se dirigea vers la porte.

— Au revoir, ajouta-t-elle sur un ton qui sonnait faux.

Wilson n'avait jamais été aussi soulagé de voir quelqu'un sortir de sa maison de toute sa vie.

— Toi, tu as gagné une glace pour le goûter, dit-il à Alicia avant de la chatouiller.

Elle se tortilla et se mit à rire avec enthousiasme. Maria entra dans le salon.

— Je t'ai demandé de laisser le Señor Wilson tranquille avec son invitée, dit Maria.

Le chanteur leva les yeux vers elle. Maria lui adressa un clin d'œil, et Alicia rit de plus belle.

— Cheryl a amené une tarte. Je l'ai posée dans la cuisine.

— Faux seins, faux nez et fausse tarte, grommela Maria. Qui croit-elle tromper ? Cette tarte vient du magasin.

Elle regagna la cuisine avec une expression révoltée. Wilson ne se faisait aucune illusion quant à l'endroit où ladite tarte allait finir. Il savait aussi qu'il devait se méfier de Cheryl. Il prit le livre d'Alicia et commença à lui faire la lecture. Une fois l'histoire terminée, il emmena la petite fille dans la grange. Steve et lui passèrent un peu de temps dans le manège avec elle et son poney. L'air pur et le soleil semblèrent effacer une partie de la brume persistante laissée par la visite de Cheryl et, à l'heure du déjeuner, Wilson sentit les prémices d'une nouvelle chanson effleurer son esprit.

# VIII

— TU TRAVAILLES encore ? demanda Steve, debout sur le seuil de la chambre de Wilson.

L'inspiration lui était venue durant ces deux derniers jours. La visite de Cheryl lui avait permis de clarifier exactement qui il voulait dans sa vie, et ce qu'il voulait, c'était l'homme qui se tenait debout à sa porte et qui le regardait avec adoration.

— J'ai presque fini, répondit Wilson en souriant.

Howard et la compagnie de disques avaient été ravis de ses nouvelles chansons. Le véritable test viendrait le jour où il devrait les jouer devant un public. Alors seulement, il saurait ce que ses fans pensaient de cette nouvelle direction. C'était toujours la partie la plus difficile du processus.

— Je te rejoins dans la grange. Si tu veux, nous…

Son téléphone se mit à sonner, et Wilson décrocha.

— Bonjour Howard.

Il leva un doigt en direction de Steve pour lui faire signe d'attendre une minute.

— À quoi est-ce que tu joues ? demanda son manager d'une voix paniquée.

— Quoi ? De quoi est-ce que tu parles ?

— Il y a des photos de toi sur toutes les premières pages de la presse people ! « Meadows à une fête gay » ! « Entrevue secrète sur un parking obscur » ! Mais enfin, qu'est-ce qui t'a pris ?

— Je suis allé à un barbecue chez mes voisins, rien de plus. Quelqu'un essaie de faire un scoop à partir d'un rien, déclara Wilson alors que son estomac se serrait.

Quelqu'un avait averti les médias ce soir-là, quelqu'un qui était à la fête de Wally et Dakota.

— Tu sais très bien que ce genre de magazine n'a pas besoin de preuves flagrantes. La moindre parole, le plus petit geste est amplifié

124

et déformé. Attends-toi à trouver tous les paparazzis du pays sur le pas de ta porte. Est-ce que tu veux que j'emploie des gardes du corps ? Au moins pour les empêcher de pénétrer sur ta propriété, ajouta Howard.

Wilson sentit son rêve de paix et de tranquillité lui glisser entre les doigts.

— Très bien, acquiesça-t-il. Mais assure-toi qu'ils soient aussi discrets que possible. Merci pour tout Howard.

— Je te revois ce week-end. Nous évaluerons l'étendue des dégâts à ce moment-là. En attendant, essaie de ne pas envenimer la situation. Reste dans ton ranch, montre-leur que tu mènes un quotidien normal et ennuyeux. Laisse-les te voir monter à cheval, ou assis sur le porche avec ta guitare, des choses comme ça. Peut-être qu'il était encore temps de désamorcer toute cette histoire avant que les choses n'aillent trop loin.

Howard était sur sa lancée et Wilson savait qu'il ferait mieux de ne pas l'interrompre. Sans doute qu'il ne remarquerait même pas si Wilson raccrochait.

— Je vais appeler la maison de disques et leur demander de lancer un peu de publicité sur ton prochain album. Ça devrait temporiser un peu le scandale.

— C'est bon ? Tu as fini ? demanda-t-il avec exaspération. Les chansons que je t'ai envoyées et que tu aimes tant ? Je te rappelle que je les ai écrites grâce à la paix et à la tranquillité que j'ai trouvée ici. Si je perds ça, tout est fini, l'avertit-il, mais Howard ne l'écoutait pas.

— Ne t'inquiète pas, je m'occupe de tout. Je te rappellerai plus tard. Si nous nous y prenons bien, nous devrions peut-être même réussir à tourner la situation à notre avantage.

Howard raccrocha et Wilson laissa tomber son téléphone sur le bureau, avant de se prendre le visage entre les mains. C'était un cauchemar. Il avait acheté le ranch justement pour s'éloigner de ces foutus médias. Il avait besoin de calme pour écrire.

Wilson secoua tristement la tête. Qui essayait-il de duper ? Il avait besoin de calme pour poursuivre sa relation avec Steve. À présent, le monde entier allait scruter le moindre de ses faits et gestes, il ne pourrait même plus toucher le jeune homme, à moins que toutes les lumières ne soient éteintes. Il refusait de vivre caché dans le noir.

— Tout va bien ? demanda le jeune homme en entrant dans la pièce.

Il posa ses grandes mains solides sur les épaules de Wilson, et massa le nœud de muscles tendus. Wilson poussa un gémissement de satisfaction.

— Je ne sais pas. Il semble que quelqu'un ait vendu le scoop de ma venue au barbecue de Wally et Dakota à des tabloïds. Les gros titres sont insultants et racoleurs. Howard est hors de lui.

Il se retourna lentement dans son fauteuil.

— Il va envoyer une équipe de sécurité au ranch. Il pense que nous devrions nous attendre à un afflux de journalistes.

Wilson savait qu'il avait l'air défaitiste et résolu. Il voulait tendre la main pour tirer Steve contre lui, mais il se retint. Il allait falloir qu'il se réhabitue à la solitude.

— Oh, je vois.

Sans un mot, Steve s'éloigna, le laissant seul dans son bureau.


STEVE S'ENGAGEA dans l'allée avec le pick-up de Wilson pour rentrer dans la cour, lorsqu'un homme bondit du bas-côté et se mit en travers de son chemin. Le fusillant du regard, Steve soupira et fit lentement descendre sa vitre.

— Je me moque de savoir qui vous êtes... commença-t-il, dans deux secondes, je redémarre et si vous êtes toujours là, je vous écrase. Vous êtes sur une propriété privée, ce qui veut dire que vous êtes en infraction. Quoi qu'il vous arrive, vous serez en tort.

Il remonta sa vitre sans attendre de réponse et, fidèle à sa promesse, il redémarra. L'homme fit un bond sur le côté, et Steve accéléra en faisant rugir le moteur. Cela faisait deux jours qu'ils s'interdisaient d'aller en ville pour ne pas croiser de journalistes, Steve avait fini par craquer et il était sorti faire quelques courses. Wilson restait cloîtré dans la maison, sauf lorsqu'il montait à cheval ou sortait pour aider dans la grange.

Plusieurs fois, il s'était assis sur le porche au crépuscule, avec sa guitare. Steve savait qu'il était censé écrire de nouvelles chansons, mais il était évident qu'il avait perdu toute volonté. Il ne chantait pas, il restait assis, le regard dans le vide, en pinçant distraitement les cordes de sa guitare. Pire encore, Steve sentait que Wilson s'éloignait de lui, il se repliait sur lui-même sous le regard impuissant du jeune homme. Ce qui lui faisait le plus mal, c'est qu'au moment du coucher, la chambre de Wilson lui était désormais interdite. La première nuit, Steve avait failli aller frapper, mais il s'était finalement retenu et était retourné dans sa propre chambre. Il savait que toute cette attention soudaine rendait Wilson malheureux, mais il ne comprenait pas pourquoi il le repoussait lui aussi.

Steve sortit du pick-up en faisant claquer la portière, et jeta un œil en haut de l'allée, à la sortie de la grande route, où étaient toujours stationnées les fourgonnettes de presse et de la télé. Il attrapa le carton contenant les courses posé sur la banquette arrière et rentra dans la maison. Maria était dans la cuisine. Wilson lui avait acheté une voiture pour qu'elle puisse sortir, mais elle refusait de traverser la « colonie de locos » comme elle l'appelait. Après avoir rangé les courses, Steve retourna travailler dans la grange. Il fallait à tout prix qu'il s'occupe l'esprit pour ne pas penser à Wilson. Le chanteur lui manquait horriblement.

Il poussa la porte de la grange et après avoir sellé Hunter, il l'amena dans le manège. Il installa quelques obstacles, le monta et l'amena au trot. Il avait essayé de trouver quelqu'un pour l'aider à l'entraîner au saut, mais jusqu'à présent, il n'avait pas eu beaucoup de chance. Il avait fait quelques recherches sur internet, et il avait trouvé des conseils pour commencer l'entraînement. Hunter pouvait déjà facilement sauter par-dessus les barrières du manège. Ce cheval était spectaculaire, il donnait à Steve l'impression de s'envoler chaque fois qu'il passait par-dessus un obstacle. Les journalistes perpétuellement agglutinés près du ranch le faisaient se sentir prisonnier, mais travailler avec Hunter permettait à son esprit et à son cœur de s'évader. Malheureusement, il ne pouvait pas passer sa vie en selle, et après quelques heures d'entraînement, il dût ramener Hunter à son box.

Il y avait une voiture inconnue sur le parking lorsqu'il revint. Steve en déduit que ce devait être Howard. Il lui semblait l'avoir vu parler aux journalistes un peu plus tôt, entouré de flashs et de micros poussés dans sa direction. Manifestement, la « colonie de locos » ne lui posait aucun problème. En rentrant dans la maison, Steve remarqua que la cohue de journalistes était anormalement agitée. La plupart d'entre eux étaient pendus au téléphone et criaient en faisant de grands gestes.

À l'intérieur, il perçut les voix de Wilson et Howard dans le bureau, mais Maria alluma l'aspirateur et il fut incapable de déterminer le sujet de leur conversation. Il se demandait ce qu'il se passait, mais décida finalement que ça ne le regardait pas et qu'il finirait bien par l'apprendre tôt ou tard. Il se laissa bercer par le bruit de la machine en fond sonore, et se recroquevilla dans le canapé. Une bonne demi-heure plus tard, le chanteur et son manager entrèrent dans le salon.

— On dirait qu'ils s'en vont, remarqua Steve en tournant la tête vers la fenêtre.

— Après deux jours passés à ne rien voir d'autre que Willie sur son cheval ou assis sur le perron, ils commençaient à s'ennuyer, dit Howard en se tournant vers lui. Est-ce que quelqu'un veut bien m'expliquer pourquoi il est toujours là ?

Steve plissa les yeux, regarda Wilson, puis de nouveau son manager.

— Je prends soin des chevaux, je vous le rappelle.

— J'espère que vous vous rendez compte que toute cette histoire est en grande partie de votre faute.

Steve croisa ses bras sur son torse.

— Quelle histoire ? Il n'y a pas d'histoire. Wilson est gay, c'est une réalité. Est-ce que l'avouer serait vraiment une si mauvaise chose ? Quel est le pire qui puisse arriver ? Est-ce que son père risque de l'enfermer dans une petite pièce au sous-sol, et de l'expédier dans un programme pour le guérir de son homosexualité ? Vous dîtes être son ami et votre première réaction est de prétendre que cette partie de lui n'existe pas.

Steve lança un regard noir en direction de Wilson.

— Et toi tu n'es pas mieux, muré dans ton silence comme un martyr impuissant. Tu es qui tu es, Wilson. Bien sûr, tu as le droit d'avoir une vie privée, mais ton comportement n'affecte pas que toi.

Il alternait son regard entre les deux hommes, passant de l'un à l'autre. Howard avait l'air très mal à l'aise et Wilson semblait honteux. Steve poussa un soupir découragé et baissa la tête.

— Je suis désolé, ne faites pas attention à ce que j'ai dit. Je vais vous laisser seuls tous les deux.

Il se leva et traversa le couloir pour se réfugier dans sa chambre. Une fois la porte fermée, il s'assit sur le bord du lit. Peut-être que rester ici n'était pas une si bonne idée après tout. Steve n'avait pas fui le joug de son père pour se retrouver prisonnier d'une autre situation. Il voulait vivre sa vie pleinement et librement. Il pensait sincèrement que Wilson l'aimait, mais il avait besoin de quelqu'un qui l'aimerait sans réserve. Il tendit l'oreille et entendit les deux hommes de disputer.

Il ne savait plus très bien ce qu'il était censé faire. Peut-être que Wally et Dakota accepteraient de le prendre à leur service pendant quelque temps ? Il entendit quelqu'un frapper discrètement à sa porte, et se leva pour ouvrir. C'était Wilson. Il avait l'air à bout de force.

— Qu'est-ce que tu vas faire ? demanda Steve.

— Je ne sais pas, répondit-il. Je ne sais plus.

Le jeune homme se rassit, et Wilson s'approcha de lui.

— Je comprends ce que tu ressens, et je sais que tu as raison, mais j'ai peur de la façon dont les gens pourraient réagir. La vérité pourrait bien ruiner ma carrière.

— Ta carrière est-elle plus importante que ton intégrité ? Tu as sans doute déjà amassé assez d'argent pour être tranquille jusqu'à la fin de tes jours. Et puis les gens aiment ta musique, que leur importe que tu sois gay ?

Il leva les yeux vers le chanteur.

— Willie Meadows ou juste Wilson, pour moi c'est du pareil au même. Tout ce que je veux, c'est que tu sois heureux. Ça fait des jours que je ne t'ai pas vu sourire, et ça me manque. Tu me manques. Bien sûr, j'aime quand tu chantes et que tu écris de nouvelles chansons, parce que c'est ta passion, mais tu n'es pas obligé de mentir pour vivre ta passion. Si tu disais la vérité, tu pourrais vivre ta vie comme tu l'entends… peut-être avec moi.

Wilson ne répondit pas tout de suite, et Steve en conclut qu'il n'avait rien à dire. Il avait été stupide de lui ouvrir son cœur, le chanteur ne ressentait visiblement pas la même chose.

— Je comprends. C'est difficile d'affronter sa plus grande peur et de n'avoir aucune idée de la magnitude des conséquences.

Il le savait mieux que personne, mais pour rien au monde il ne reviendrait en arrière. Il n'y avait pas de peur plus puissante que la libération de la vérité. Assis à côté de lui, Wilson fixait le mur droit devant lui.

— J'ai peur, murmura-t-il enfin. Et si tout ce que j'ai construit jusqu'ici s'écroule ? Qu'est-ce que je vais devenir ?

Steve se retourna lentement vers lui. Wilson se tordait les mains et les essuya sur ses genoux à plusieurs reprises.

— Je ne sais pas quoi faire. Je ne veux pas perdre ma carrière. J'aime la musique. Chanter sur scène est ma raison de vivre. Je n'ai jamais eu besoin de drogues ou d'artifices pour me sentir vivant. Ma drogue, c'est de chanter devant dix mille personnes qui m'appellent et qui hurlent mon nom.

L'excitation brillait dans ses yeux et, égoïstement, Steve aurait voulu que ses yeux brillent autant lorsqu'il parlait de lui. Mais il ne pouvait pas rivaliser avec des milliers de fans. Il n'était qu'un simple jeune homme que Wilson avait pris sous son aile lorsqu'il avait eu besoin d'aide.

— Je suppose que je peux comprendre ça, répondit tristement Steve.

— Il n'y a pas si longtemps, je croyais que c'était la meilleure chose qui puisse m'arriver… qu'il n'y avait rien de mieux que d'entendre mon nom crié par des milliers de voix.

Wilson posa une main sur la joue de Steve, et le jeune homme cligna furieusement des yeux pour empêcher les larmes de couler, incapable de relever le regard.

— J'avais tort, continua Wilson. Tous ces gens qui scandent mon nom ne me connaissent pas vraiment, mais toi, il te suffit de le murmurer une seule fois pour faire battre mon cœur plus fort.

À ces mots, Steve releva la tête vers lui, les yeux écarquillés, la bouche entrouverte.

— Et que va penser Howard de tout ça ? demanda-t-il malgré lui.

— Howard vit dans l'illusion que je vais retourner à Los Angeles et que tout va rentrer dans l'ordre, mais je ne peux pas faire ça. Je ne veux pas faire ça. Ma maison n'est plus là-bas, elle est ici. Avec Maria et Alicia. Avec toi. Ce que Howard veut n'a pas d'importance. Il est mon manager, c'est son boulot de s'inquiéter, mais au final, c'est moi qui prends les décisions.

Steve hocha lentement la tête.

— Qu'est-ce que tu vas faire ?

— Je ne sais pas. Mais je ne veux plus mentir à tout le monde. Je veux vivre ma vie honnêtement. Je...

Wilson s'interrompit et Steve se pencha contre lui.

— Je sais que ce n'est pas facile. Rien ne t'oblige à décider là maintenant, mais il faudra que tu prennes une décision Wilson. Tu m'as fait beaucoup de mal ces derniers jours. La presse a débarqué et tout à coup, je n'étais plus assez bien pour toi. C'est tout juste si tu m'as adressé la parole, et les rares fois où tu l'as fait, tu étais froid, distant, tu ne me regardais même pas dans les yeux. Tu m'as banni de ton lit, banni de ton cœur, tout ça à cause de ce qu'un vulgaire torchon a imprimé pour faire sensation. Tu réalises que tu leur donnes raison en agissant comme ça ?

Surpris par la véhémence de son discours, Wilson prit une inspiration, mais le jeune homme continua.

— Je me suis battu pour avoir le droit d'être qui je suis au grand jour, sans rien devoir à personne. Toi, en revanche, tu te caches et tu te complais dans ton mensonge, déclara Steve. Je ne suis même pas certain que tu sois capable de vivre autre chose.

— Donne-moi un peu de temps, le supplia Wilson. J'ai besoin de réfléchir à tout ça.

Steve réfléchit quelques secondes avant de se pencher en avant et de planter un léger baiser sur ses lèvres.

— Je vais t'accorder un peu de temps, mais je ne t'attendrais pas éternellement. Je veux vivre avec l'homme que j'aime sans avoir à me cacher, Wilson, et je t'aime. Mais si tu ne ressens pas la même chose, il faut me le dire tout de suite.

Steve sentit son estomac se tordre. Il l'avait fait. Il avait dit à Wilson qu'il l'aimait. L'attente de sa réponse était insupportable.

— J'ai toujours été honnête avec toi, et je vais l'être encore une fois, déclara le chanteur en s'approchant de lui pour sceller leurs lèvres une fois de plus. Je t'aime aussi, Steve. Et je ne veux pas te perdre. J'ai simplement besoin de temps.

Leur baiser s'approfondit rapidement et ils se laissèrent tomber sur le lit.

Quelqu'un frappa à la porte et ils soupirèrent tous les deux avant de se redresser. Wilson ouvrit la porte et fusilla son manager du regard.

— Ça a intérêt à être très important, gronda-t-il.

— Désolé, mais Maria m'envoie vous prévenir que le déjeuner est prêt, déclara Howard penaud.

Wilson attrapa la main de Steve qui se tenait debout derrière son épaule, et les yeux de son manager s'écarquillèrent. Il choisit de ne faire aucun commentaire, et retourna dans le salon.

Pendant le déjeuner, la discussion resta centrée sur le calendrier de tournage de Wilson et les délais pour la sortie de son prochain album. Steve les écouta attentivement en restant à l'écart.

— La bonne nouvelle, c'est que le film sera tourné sur place, dans le Dakota du Sud. Il y aura très peu de scènes en studio. Ton rôle n'est pas énorme, tu ne devrais pas être là-bas plus d'un mois, expliqua Howard.

Steve était en train de prendre conscience qu'entre le film et sa prochaine tournée, Wilson allait être très souvent absent les mois à venir. Comme s'il avait senti son angoisse, le chanteur serra sa main sous la table.

— Sait-on déjà comment je serais logé sur place ? demanda Wilson.

— Tu auras ta propre caravane sur le tournage, et une chambre d'hôtel en ville. Je me suis déjà assuré que les deux bénéficient d'une ligne internet à haut débit afin que nous puissions communiquer.

Howard lança à Steve un regard soupçonneux, avant de reprendre :

— Tu auras besoin de monter à cheval dans ce film. Tu joues le rôle d'un cow-boy de rodéo. Les scènes de rodéo proprement dites seront réalisées par un cascadeur, mais tu devras être en mesure de chevaucher. C'est la seule condition du contrat.

Steve prit la parole avant même que Wilson ne puisse continuer.

— Ça ne sera pas un problème pour lui. Il travaille déjà de manière régulière et nous continuerons les exercices d'équitation jusqu'à la date du tournage.

Le jeune homme ne laisserait pas partir Wilson sans s'assurer auparavant qu'il savait tout ce qu'il fallait pour être en sécurité sur un cheval. Le chanteur serra de nouveau sa main avec tendresse, et Steve lui adressa un large sourire.

— Il sera plus que capable de monter à cheval pour ce film, conclut Steve avec confiance en dévisageant Howard. Est-ce qu'il pourra emmener son propre cheval ? Il a un très bon tempérament et ils sont habitués l'un à l'autre.

— Je ne sais pas… Peut-être que nous devrions quand même embaucher un professionnel de l'équitation, déclara le manager en engloutissant l'un des délicieux tamales de Maria.

Steve sourit lorsque Maria lui retira brusquement son assiette.

— Vous devez montrer du respect aux Señores Wilson et Steve ou vous n'êtes plus le bienvenu à ma table.

Elle déposa son assiette sur le comptoir derrière elle en défiant Howard du regard. Après de grands efforts pour se retenir, Steve finit par craquer et éclater de rire.

— Elle a raison, déclara Wilson. Howard, détends-toi, tout ira bien. J'aime l'équitation, j'en fais deux à trois fois par jour.

Il sourit à Maria qui rendit son assiette en lui adressant un regard sévère.

— Bon, tu m'as dit que la maison de disques aimait les chansons que j'ai écrites jusqu'à présent ? demanda Wilson pour changer de sujet.

— Oui, répondit faiblement Howard en recommençant à manger et en évitant le regard de Maria. Ils sont très contents de ce que je leur ai montré. Le groupe travaille déjà sur les arrangements provisoires, et une fois que tu auras envoyé le reste, il est prévu que tu nous rejoignes à Los Angeles pour commencer les répétitions.

Wilson secoua la tête.

— Hors de question. Les répétitions se feront ici. Nous pouvons enregistrer à Los Angeles, mais je refuse de m'absenter pendant des semaines simplement pour répéter. C'est vous qui vous déplacerez. On vous louera des chambres en ville et je suis sûr que nous pourrons nous organiser pour trouver une salle de répétition.

Wilson reposa sa fourchette avec plus de force que nécessaire.

— Je n'ai pas l'intention de retourner à Los Angeles à moins d'y être obligé. Je n'ai jamais eu autant d'inspiration que depuis que j'ai quitté cet endroit maudit.

Howard ouvrit la bouche et Wilson lui lança un regard d'avertissement.

— Je ne veux rien entendre. Ce sera comme ça et pas autrement.

Howard soutint son regard, et après quelques secondes, répondit calmement :

— Si tu me laissais en placer une, j'étais sur le point de te dire que tu avais peut-être raison.

Il sourit en coin.

— Je ne peux pas nier que les chansons que tu as écrites sont probablement les meilleures de toute ta carrière d'auteur-compositeur. Je m'arrangerai afin que le groupe vienne ici. Par contre, c'est à toi de trouver un espace pour les répétitions. Quand penses-tu avoir fini le reste des chansons ?

Wilson haussa les épaules et soupira en secouant la tête.

— Je ne commande malheureusement pas les allées et venues de l'inspiration.

— Idéalement, le groupe devrait venir dès la semaine prochaine pour commencer à travailler sur ce que nous avons. Et puis, tu as toujours de bonnes idées lorsque nous sommes en répétition, offrit Howard.

Wilson hocha pensivement la tête. Steve n'était pas sûr qu'avoir tout un tas de personnes autour d'eux arrangerait la situation actuelle, mais il ne dit rien. La balle était dans le camp de Wilson.

Ils finirent de déjeuner et le jeune homme quitta la maison. Il avait eu sa dose de Howard et de ses sous-entendus désobligeants. Il brossa Hunter, le sella et s'apprêtait à l'emmener en promenade, lorsque Wilson entra dans la grange.

— Tu veux un peu de compagnies ?

— Volontiers. On se rejoint dans la cour ?

Il finit de préparer Hunter, monta en selle et sortit pour attendre Wilson. Il scruta les environs et aperçut la voiture noire des hommes de la sécurité que Howard avait embauchés. Il espérait sincèrement qu'ils partiraient bientôt. Le chanteur le rejoignit et ils prirent la direction des pâturages derrière la maison.

— Es-tu pressé de commencer ce tournage ? demanda Steve en s'engageant sur le chemin qui longeait le ruisseau, à l'ombre des arbres.

—Assez, oui. J'ai l'impression de réaliser un rêve de gosse. Quand j'étais petit, je pouvais passer des heures à regarder de vieux Westerns.

Je rêvais de devenir un cow-boy, et voilà que je vais en jouer un dans un film.

Wilson lui adressa un immense sourire.

— Je ne me fais pas d'illusion, je sais bien que je ne serais jamais un vrai cow-boy. Pas comme toi. Ça doit être dans ton sang, ajouta-t-il avec un clin d'œil. Tout comme la musique coule dans le mien.

Steve aurait voulu le voir sourire comme ça tous les jours.

— J'ai réfléchi à ce que tu m'as dit pour le ranch, annonça-t-il un peu incertain. Il y a beaucoup de terrains que tu n'utilises pas. Peut-être que nous pourrions les louer à Dakota ? Haven m'a laissé entendre qu'ils cherchaient à se développer et nous n'avons pas besoin d'autant de surface. Et puis, si l'envie te prenait de faire de « vrais trucs de cow-boys », je suis certain qu'ils te laisseraient bosser avec eux, tu sais.

Wilson arrêta son cheval et Steve fit de même, leurs chevaux se tenant l'un à côté de l'autre.

— La seule chose de cow-boy que j'ai envie de faire pour l'instant, c'est d'en embrasser un.

Sa selle grinça lorsqu'il se pencha, et le jeune homme vint à sa rencontre pour l'embrasser. Très vite, il sentit la main de Wilson sur sa nuque et le baiser s'approfondit. Perdus dans leur passion, ils s'embrassèrent pendant de longues minutes, jusqu'à ce que Hunter s'impatiente et commence à gigoter.

— Est-ce que tu sais seulement à quel point c'est difficile de chevaucher avec une érection ? se plaignit Steve en se déplaçant sur sa selle pour essayer de trouver une position confortable.

— Non, cependant je crois que je suis sur le point de le découvrir, ironisa Wilson en se dandinant sur sa selle.

Une légère brise soufflait entre les branches, et ils se remirent en route

— Quand ton groupe sera là, qu'est-ce que tu vas leur dire ?

— C'est pour ça que tu es aussi silencieux aujourd'hui ? demanda Wilson. C'est ça qui te travaille ? Je vais leur dire la vérité, Steve. Je connais ces gars depuis des années et si je ne peux pas avoir confiance en eux, alors je ne peux avoir confiance en personne.

Steve entendit une fêlure dans sa voix.

— J'aimerais seulement que les choses soient plus simples et qu'il n'y ait pas un tel enjeu.

— Si j'ai retenu quelque chose dans mon combat de ces derniers mois, c'est qu'on peut très facilement devenir son pire ennemi. Les choses que mon père m'a fait subir ne sont rien en comparaison à ce que je me faisais moi-même en cachant qui j'étais. Bien sûr, tu perdras probablement quelques amis, certains de tes fans vont te tourner le dos, mais tu en gagneras d'autres et ceux-là t'apprécieront pour ce que tu es vraiment, pas pour celui que tu prétends être.

— Tu es si jeune et pourtant déjà si sage, tu ne cesseras jamais de m'étonner, remarqua Wilson avec un petit sourire.

Steve arrêta son cheval.

— Perdre tous mes repères m'a forcé à me prendre en charge très rapidement. J'ai beaucoup appris au cours de ces derniers mois. J'ai trouvé quelqu'un qui m'aime tel que je suis, et j'ai découvert qui étaient mes véritables amis.

Steve jeta un coup d'œil vers la maison.

— Howard a beau être envahissant et insupportable, il sera toujours là pour toi, quoi qu'il arrive. Il se comporte comme il le fait parce qu'il s'inquiète pour toi. J'imagine que dans ta situation, c'est difficile de faire la part de choses et de reconnaître qui se soucie vraiment de toi, et qui agit simplement par intérêt.

— Oh, ne t'en fais pas, je sais très bien qui sont mes amis, déclara fermement Wilson et Steve se retourna en lui souriant. Toi, par exemple. Quand je t'ai rencontré, tu ne savais même pas qui j'étais, et tu n'en avais rien à faire.

— C'est toujours le cas, dit le jeune homme. Pour moi, Willie Meadows est un inconnu. Wilson, en revanche, est un homme bien, un homme que j'ai appris à aimer. Je n'attends rien de toi en retour de cet amour. Tout ce que je veux c'est…

— Je sais ce que tu veux, dit Wilson, son cheval dépassant celui de Steve. Et je veux la même chose.

Le chanteur éperonna son cheval et ils prirent un peu de vitesse. Ils rentrèrent au ranch au galop. Steve s'assura que leur rythme n'était pas trop soutenu pour Wilson, mais fut surpris de constater qu'il se débrouillait plus que bien.

Lorsqu'ils arrivèrent, une voiture était garée près de la maison et une femme se tenait debout à côté. Steve regarda Wilson, puis de nouveau la femme.

— Si elle pose une main sur toi, je ne réponds plus de rien, grogna-t-il.

— Ne t'inquiète pas pour elle, le rassura Wilson. Il faut simplement que nous restions prudents. Je ne veux pas que notre histoire soit ébruitée dans tout le comté. Si Cheryl apprend que nous sommes ensemble, elle nous trahira dans la seconde qui suit.

Steve regagna la grange au galop, prenant soin de passer trop près de Cheryl qui fit un bond en arrière et manqua de tomber. Il ne voulait pas avoir affaire à elle. Il décida de laisser Wilson s'en occuper, mais il avait bien l'intention de garder un œil sur elle.

Après avoir pris soin de Hunter, il le mit dans son enclos et retourna dans la cour. Il constata avec satisfaction que Cheryl regagnait sa voiture au pas de course. Elle arracha pratiquement la portière de sa voiture et s'engouffra dedans avant de démarrer en trombe, laissant dans son sillage un gros nuage de poussière.

— Je pense que c'est la dernière fois que nous la voyions, expliqua Wilson en se rapprochant de lui.

— Qu'est-ce que tu lui as dit ? demanda Steve en la regardant rejoindre la route.

— Qu'elle ferait mieux de passer du temps avec son fils plutôt que d'essayer de me mettre le grappin dessus. Elle n'a pas particulièrement apprécié, mais je ne me fais pas d'illusion, elle reviendra à la charge

Le reste de la journée s'écoula normalement. Steve travailla dans la grange jusqu'au soir et, après avoir vérifié que la grange était fermée et que les chevaux installés pour la nuit, il rentra se coucher. À l'intérieur, le calme régnait dans la maison. Steve tendit l'oreille et il lui sembla entendre de la musique. Il suivit la mélodie, jusque dans la chambre de Wilson qui était grande ouverte. Le chanteur écoutait de la musique, allongé nu sur son lit. Lorsqu'il aperçut Steve sur le seuil de la porte, il tapota le matelas à côté de lui. Le jeune homme hésita à lui faire une remarque ironique et à lui demander pourquoi subitement sa porte n'était plus close.

Wilson ne lui en laissa pas le temps. Il se leva, le prit par la main et le fit entrer dans la chambre. Il referma doucement la porte derrière lui.

Le jeune homme n'avait d'yeux que pour Wilson. Il pouvait discerner les contours de son corps dans la pénombre, la chaleur de sa peau nue sous sa main. Son cœur battait la chamade.

— Ne me refais plus jamais ça, murmura Steve en retirant sa chemise pour presser son torse contre celui de Wilson. J'ai cru que ces quelques jours loin de tes bras allaient me tuer.

— Je sais. Je suis désolé.

Wilson glissa sa main dans le dos de Steve, provoquant un frisson, puis continua son exploration plus bas, passant sa main sous sa ceinture.

— J'ai eu beaucoup de temps pour réfléchir pendant ces dernières nuits loin de toi, et j'ai réalisé que je t'aime.

Le chanteur l'embrassa et Steve dut se cramponner à ses épaules pour ne pas tomber. Les jambes vacillantes, il recula brusquement sous l'intensité de ses émotions et se cogna à la porte. Wilson le suivit et se pressa contre lui. L'esprit de Steve s'envola et ses instincts prirent le dessus. Le chanteur ouvrit sa ceinture et sépara les pans de son jean avant de le faire glisser le long de ses jambes. Il fit également descendre son caleçon, et enroula une main autour de son sexe déjà tendu de désir.

— Oh mon Dieu ! gémit Steve en se pressant contre la porte pour ne pas glisser.

— Ne bouge pas, murmura sensuellement Wilson.

Steve hocha machinalement la tête. Il pouvait à peine respirer. Il sentit les lèvres de son amant sur son cou, puis sur son torse. Sa langue brûlante voyagea d'un téton à l'autre, et continua sa descente infernale jusqu'à son nombril.

— Qu'est-ce que... ?

Tout son souffle quitta ses poumons lorsque Wilson l'engloutit tout entier dans sa bouche en le tirant par les hanches. Il fit glisser ses mains jusqu'à ses fesses pour le presser toujours plus près, et le suça comme si sa vie en dépendait.

Steve baissa la tête pour le regarder, puis la rejeta violemment en arrière lorsque Wilson glissa un doigt entre ses fesses pour tracer de petits cercles à son entrée. Steve balança ses hanches en arrière, et Wilson enfonça son doigt en lui.

Steve émit un petit bruit pathétique, et Wilson enfonça son doigt plus profondément en lui, tout en continuant de le sucer. Lorsque le jeune homme rouvrit les yeux, sa vision était floue, brouillée par le plaisir. Il les referma et Wilson ajouta un deuxième doigt. Steve gémit et força ses muscles à se détendre. Lorsque les doigts de Wilson effleurèrent sa prostate, ses genoux cédèrent et il se laissa glisser sur le sol. Wilson l'allongea sur le plancher en lui caressant tendrement les cheveux.

— Je vais bien, tout va bien, souffla-t-il.

Wilson reprit son sexe dans sa bouche, et Steve se cambra. Le sol lui donnait un meilleur appui et il poussa ses hanches vers l'avant. Le contraste entre le sol gelé et la fournaise de la bouche de son amant lui faisait tourner la tête.

— Willie ! gémit-il, le souffle court. Ne t'arrête pas, je t'en prie, ne t'arrête pas…

Steve pouvait sentir un orgasme dévastateur monter en lui. Il se plaqua au sol, ouvrant et fermant compulsivement les poings comme s'il cherchait quelque chose à quoi se retenir.

— Willie…

Wilson le prit plus profondément dans sa gorge, et tout le corps de Steve se raidit. Il se mit à trembler de manière incontrôlable. Il savait ce qui allait arriver. Sa vision s'obscurcit et il s'abandonna à l'extase.

Lorsqu'il revint à lui quelques minutes plus tard, la respiration haletante, il fut incapable de bouger, même pas le petit doigt. Wilson, allongé à côté de lui, était immobile également. Lentement, il se tourna sur le côté, et prit le jeune homme dans ses bras.

— Je t'aime, murmura-t-il dans l'obscurité.

Il prit son visage entre ses grandes mains, et l'embrassa tendrement.

— Tu m'as appelé Willie.

Il fallut quelques secondes à l'esprit embrouillé de Steve pour comprendre ce que Wilson lui disait.

— Ce n'était pas pour Willie Meadows. Tu es mon Willie, mon Wilson, et si je crie Willie, c'est pour toi, toujours toi.

Wilson l'embrassa à nouveau puis se leva, et aida le jeune homme à se remettre sur ses pieds. Ils se traînèrent jusqu'au lit, et Steve poussa un soupir de soulagement en sentant le poids du corps de son amant sur lui.

— J'ai envie de toi, gémit le chanteur avec un enthousiasme renouvelé. Mets-toi sur le ventre, ce sera plus facile.

Steve obéit et Wilson couvrit son dos de baisers, de la base de sa nuque, jusqu'au creux de ses reins. Il lui écarta les fesses et plongea sa langue en lui. Le jeune homme n'était pas encore complètement remis de l'orgasme phénoménal qu'il venait d'avoir, et Wilson ramenait impitoyablement sa libido à la vie en tirant de lui des sensations et des gémissements dont il ne se savait même pas capable. Il glissa un doigt en lui et Steve se cambra de plaisir. Il prit son temps pour le préparer, ajoutant progressivement un doigt, puis un autre. Il effleurait parfois sa prostate, tout en le gardant sur le fil du rasoir, se contentant de ces petits chocs de plaisirs électriques.

— Est-ce que tu es prêt ? chuchota Wilson en remontant pour couvrir son corps du sien.

— Oui, pitié Wilson oui ! Je veux te sentir en moi, le supplia-t-il.

Wilson se redressa et se pencha au-dessus de lui pour attraper un préservatif dans la table de nuit. Il l'enfila, puis glissa un oreiller sous les hanches de Steve. Le jeune homme gémit doucement et sentit le gland de Wilson se presser contre son entrée. Il frissonna, à la fois anxieux et excité. La pensée irrationnelle que Wilson n'arriverait jamais à rentrer le saisit, mais son corps s'ouvrit et le chanteur s'enfonça en lui en un long mouvement fluide. Steve prit une inspiration de surprise et serra la mâchoire. Il faillit demander à Wilson d'arrêter, mais très vite, la brûlure et la sensation d'inconfort cédèrent la place à un plaisir comme il n'en avait jamais connu. Lorsque le chanteur enfouit toute la longueur de son membre épais en lui, la sensation menaça de le submerger.

— Respire, susurra Wilson à son oreille.

Steve respira lentement en prenant le temps de s'habituer à la sensation. Puis, lentement, Wilson commença à bouger. Il se retira presque totalement et, tout aussi lentement, il replongea en lui. Steve émit un long gémissement en serrant instinctivement ses muscles autour de Wilson.

— Je veux te voir, haleta-t-il.

Wilson se détacha de lui et l'aida à se retourner. Il releva ses jambes, les positionna sur ses épaules et entra de nouveau en lui. Les yeux de Steve s'étaient habitués à l'obscurité et il se concentra sur le visage de Wilson. Il commença à se masturber au rythme de ses va-et-vient, sans jamais le quitter des yeux.

— Tu es incroyable, murmura Wilson en se penchant sur lui pour l'embrasser avec fougue. Tu es si étroit, si brûlant, tu me rends dingue.

Steve sourit et lui rendit son baiser en appuyant sur son dos avec ses talons pour l'inviter à accélérer, plus vite, plus loin, plus fort. Wilson obéit et Steve s'abandonna aux assauts de son amant. Il lâcha prise, sentant son second orgasme monter en lui. Le rythme des mouvements de Wilson se fit erratique et désordonné. Se forçant à garder les yeux ouverts, Steve cria le nom de Wilson, et éjacula sur son ventre avec une force presque douloureuse, au moment même où Wilson s'enfonçait en lui une dernière fois pour jouir également.

Une fois le brouillard de l'orgasme dissipé, Steve s'effondra sur le lit, le souffle court. Il avait l'impression de flotter et d'avoir des fourmis dans tout le corps. Wilson se détacha de lui le plus délicatement possible, se glissa hors du lit pour se débarrasser du préservatif, et revint rapidement pour le prendre dans ses bras. Steve ne se souvenait pas de la dernière fois qu'il s'était senti aussi heureux. Il serra Wilson contre lui. Il l'aimait tellement que c'en était ridicule.

— Steve... Je ne peux plus respirer, sourit le chanteur en lui caressant les bras.

Steve desserra son étreinte, sans le lâcher complètement. Il entrelaça leurs jambes nues sous les draps et fit courir ses doigts le long de ses flancs.

Une sonnerie retentit et Steve rouvrit les yeux. Wilson sursauta, et le jeune homme ramassa son portable sur le sol pour répondre.

— Allô ?

— Steve ? C'est Wally. Nous venons de recevoir un appel téléphonique très étrange de quelqu'un qui dit te connaître. Il n'a réussi à trouver que notre numéro et nous a appelés pour essayer de te joindre. Il a dit qu'il t'avait vu à notre fête et qu'il te connaissait de la communauté.

— Est-ce qu'il a dit comment il s'appelait ? demanda Steve.

Il repoussa les couvertures et s'apprêta à sortir du lit pour ne pas déranger Wilson, mais une main sur son épaule l'arrêta. Wilson le tira contre lui, enroula un bras autour de sa taille et posa une joue mal rasée sur son épaule nue.

— Il a dit qu'il s'appelait Gilbert, répondit Wally. Il a dit que c'était urgent et il a demandé ton numéro. Je le lui ai donné, j'espère que j'ai bien fait.

— Merci, Wally, le rassura Steve.

Wally lui souhaita une bonne nuit et raccrocha.

Le téléphone sonna à nouveau, presque immédiatement, et Steve répondit. Il ne lui fallut que quelques secondes pour le regretter.

# IX

DEPUIS LE coup de téléphone nocturne que Steve avait reçu, Wilson et lui étaient nerveux, sur le qui-vive. Le groupe était sur le point d'arriver pour les premières répétitions et Wilson ne tenait pas en place. Il avait essayé d'écrire un peu, mais les rares idées qui lui venaient étaient sombres et déprimantes.

Quelques jours auparavant, Wilson avait demandé à Howard de renvoyer l'équipe de sécurité chez eux, prétextant que de toute façon, il ne quittait jamais le ranch. Mais après le coup de téléphone, il leur avait demandé de revenir. Il devait leur accorder : John et Marty étaient extrêmement doués dans leur métier. Ils étaient là, mais jamais de manière ostensible. Parfois même, Wilson oubliait complètement leur présence, jusqu'à ce qu'il aperçoive l'un d'entre eux émerger de la maison ou de la grange.

— Quand tes musiciens sont-ils censés arriver ? demanda Steve en le rejoignant sur le porche

— D'une minute à l'autre, répondit-il, et au même moment, son téléphone se mit à sonner.

Il vit que c'était le numéro de Howard et répondit.

— Ils ne sont pas encore arrivés, dit-il aussitôt.

— Je sais, je n'appelle pas pour ça. Nous avons un problème. Quelqu'un a apparemment vendu une photo de toi et de Steve à l'un des magazines de la ville. Ils vont publier un article. Le magazine en question vient de m'appeler pour me demander si je voulais commenter. Je les ai envoyés se faire voir. Je n'ai pas vu la photo, mais ils m'ont dit que vous étiez tous les deux à cheval et que vous vous embrassiez.

Howard semblait furieux.

— Je t'avais dit de faire plus attention !

L'estomac de Wilson se serra et, pendant une seconde, il crut qu'il allait être malade. Puis la main de Steve se posa sur son épaule, et son esprit enflammé se calma aussitôt.

— Sait-on quand l'article sera publié ?

— Dans les trois prochains jours, pourquoi ?

Les mots de Howard se pressaient les uns aux autres avec colère. S'il ne le connaissait pas mieux, Wilson aurait pu croire qu'il avait bu.

— J'ai besoin de réfléchir. Je te rappelle demain pour décider de l'attitude à adopter.

Wilson s'attendait à ce que Howard proteste, et il n'eut pas très longtemps à attendre.

— Il n'y a rien à décider ! Nous devons tout nier le plus vite possible. Il faudrait qu'on trouve une femme avec laquelle tu t'afficheras à Los Angeles pendant quelques semaines.

Howard était parti sur sa lancée et Wilson ne pouvait déjà plus placer un mot.

— Howard ! craqua finalement le chanteur. Je viens de te le dire, je veux prendre le temps d'y réfléchir. Laisse-moi jusqu'à demain et je te rappellerais. D'ici là, tais-toi et ne fais rien.

Wilson se passa une main sur le visage, et reprit, plus doucement :

— Je sais ce que tu ressens, Howard, mais c'est de *ma* vie qu'il s'agit et j'ai besoin de décider *seul* ce que je vais en faire.

Howard resta silencieux pendant quelques secondes.

— Très bien. D'accord. Prends ton temps. Je te soutiendrais, quoi que tu décides. Je t'appelle demain. Fais-moi savoir si tu as besoin de quoi que ce soit.

Il raccrocha et Wilson remit son téléphone dans sa poche. Il soupira en regardant vers la grange.

— Que se passe-t-il ? demanda doucement Steve.

Wilson hésita à lui dire toute la vérité. Tout cela était de sa faute, il aurait dû être plus prudent. Il ne voulait pas entraîner Steve là-dedans, il voulait le protéger, mais il savait aussi que le jeune homme ne supporterait pas qu'il le tienne à distance.

— Quelqu'un est sur le point de publier une photo de nous deux à cheval en train de nous embrasser. Ils ont contacté Howard pour lui demander confirmation, ce qu'il a refusé de faire bien sûr, expliqua-t-il avec lassitude.

— Qu'allons-nous faire ? demanda Steve.

Deux voitures s'engagèrent dans l'allée qui menait au ranch.

— Je n'en suis pas encore complètement certain, mais j'ai une petite idée.

Wilson se retourna vers Steve.

— En tout cas, je ne vais pas me cacher, ça, je peux te l'assurer.

Les voitures se garèrent et les portières s'ouvrirent.

— Hammer ! s'écria Wilson en se dirigeant vers son batteur.

Il l'aurait reconnu entre mille, avec son crâne chauve et ses muscles saillants, il ressemblait à Monsieur Propre. C'était le membre du groupe dont il était le plus proche. Peter, le bassiste sortit juste après lui, suivi de près par Fred, leur guitariste. En tournée, ils étaient accompagnés par des dizaines d'autres personnes, roadies et techniciens, mais à ce stade de la création d'un album, il n'y avait qu'eux quatre. Avant de les faire entrer dans la maison, Wilson se tourna vers Steve en tendant un bras dans sa direction.

— Je vous présente Steve. C'est lui qui gère l'activité du ranch.

Ils lui serrèrent tous la main et Wilson fit entrer tout le monde.

— Voilà Maria, la plus grande cuisinière de l'univers, et la petite chipie cachée dans le coin, c'est sa fille, Alicia.

Wilson l'attrapa et la fit sauter en l'air. Alicia poussa un petit rire hystérique, avant de s'enfuir pour retourner à ses jouets lorsqu'il la reposa sur ses pieds.

La table était déjà dressée et tout le monde s'installa. Wilson remarqua que Steve restait debout à l'écart, l'air incertain. Wilson lui fit signe de venir à table.

— Willie, il faut que nous te posions une question, commença Hammer une fois aussi. Il y a beaucoup de rumeurs qui circulent…

Les autres hochèrent la tête d'un air solennel.

— Je sais, répondit Wilson.

Il regarda Steve, qui hocha la tête en signe d'encouragement et tous les regards se tournèrent vers le jeune homme.

— Alors, c'est vrai ? demanda Peter. Tu es gay ?

Wilson acquiesça. Il avait fini de vivre dans le mensonge. Il attendit de voir quelle serait la réaction des membres de son groupe. Il les connaissait depuis de nombreuses années et il espérait qu'ils seraient heureux pour lui, mais il n'était sûr de rien.

— Et Steve est ton amant ?

— Mon petit ami, oui, répondit-il honnêtement en les observant les uns après les autres, à la recherche de la moindre indication qui lui permettrait de deviner ce qu'ils ressentaient.

— Tu l'as toujours su ? demanda Hammer, et Wilson hocha lentement la tête.

— Je comprendrais que vous ne puissiez pas l'accepter.

— Nous ? L'accepter ? répéta Hammer avec un reniflement ironique. Je me demandais surtout quand *tu* finirais par l'accepter.

Hammer le dévisagea en secouant tristement la tête.

— Ça fait des années que nous nous en doutons Willie. Nous ne t'avons rien dit parce que nous ne voulions pas nous mêler de ta vie privée.

Wilson vit les deux autres musiciens hocher la tête.

— Tout ce que nous voulons, c'est que tu sois heureux, mec, déclara Fred, son visage ciselé se fendant d'un sourire. Nous avons tous vu la musique que tu as écrite ces derniers mois. Et je pense qu'il faut être sacrément heureux pour écrire des trucs comme ça.

Wilson laissa échapper un long soupir de soulagement et sourit. Il se tourna vers Steve, qui souriait lui aussi.

— Malheureusement, nous ne pouvons pas parler pour les fans, continua Fred. Nous risquons de perdre une partie d'entre eux.

Les autres haussèrent les épaules et Wilson se mordilla la lèvre inférieure.

— Nous ne pouvons rien y faire. Le plus important est de rester honnêtes avec eux.

Maria déposa des assiettes de sandwiches sur la table.

— Si vous voulez mon avis, dit-elle en posant les poings sur ses hanches. Vous allez gagner de nouveaux fans.

— C'est vrai aussi, acquiesça Peter en mordant à pleines dents dans son sandwich.

— Et Howard ? Qu'est-ce qu'il en pense ?

— Vous connaissez Howard, il ne supporte pas le changement, ça le terrifie, soupira Wilson, et les autres hochèrent la tête.

— Le changement est parfois nécessaire, intervint Steve.

Tout le monde se tourna vers lui.

146

— Le simple fait d'avoir cette conversation signifie que les choses ont déjà changé.

— Il a raison, dit Hammer. Mieux vaut prendre les devants et dire la vérité, plutôt que de laisser quelqu'un la déformer à votre place. Tu dois faire les choses à ta façon, Willie. Nous pouvons te donner des conseils, te soutenir, mais c'est ta vie et ta décision.

— Une décision qui vous affectera tous, précisa Wilson.

S'il n'y avait eu que lui, cette décision aurait été facile à prendre, mais ce n'était pas le cas. La carrière de chacun des membres de son groupe dépendait de lui.

— C'est vrai, admit Fred, mais ça ne doit pas t'empêcher d'être toi même. On se connaît depuis des années, et en ce qui me concerne, je ne veux pas faire de musique avec qui que ce soit d'autre que toi. On survivra, on a traversé bien pire.

Wilson essaya de respirer calmement, mais son cœur battait à toute vitesse. Il pouvait à peine croire ce qu'il entendait. Recherchant le regard de Steve, il trouva le sourire de son amant qui lui caressa la jambe pour le rassurer. Chaque fois qu'il avait imaginé cette conversation, il s'était imaginé des cris, de la rage et des déceptions. Il était persuadé que ses gars allaient l'abandonner. Leur acceptation signifiait bien plus qu'il ne pourrait jamais leur dire. Il savait que sa surprise devait se lire sur son visage, mais personne ne dit rien, et tout le monde se remit à manger.

— Tu as trouvé une salle pour nos répétitions ? demanda Fred en engloutissant un autre sandwich.

Fred était maigre comme un clou, mais il mangeait comme un ours en veille d'hibernation.

— L'association des anciens combattants a accepté de nous prêter leur salle. L'acoustique n'est pas mauvaise et il y a suffisamment d'espace pour le matériel.

Après manger, les trois musiciens regagnèrent leurs véhicules.

— Je suis à vous dans une minute, signala Wilson en rassemblant la vaisselle.

— Je suis content que cela se soit bien passé, dit Steve, mais le cœur n'y était pas et des plis soucieux creusaient son front.

— Moi aussi, acquiesça Wilson. Tu veux venir à la salle avec nous ?

Il détestait l'idée de le laisser Steve. Depuis la semaine dernière et le mystérieux coup de fil, il était nerveux à l'idée de se séparer de lui.

— Non. J'ai des choses à faire. Je ne suis pas tout seul, Maria et Alicia sont là, et les hommes de la sécurité aussi. Tout ira bien, Wilson.

Le chanteur était sur le point de rétorquer, mais il savait que c'était un combat perdu d'avance.

— Je t'appelle, déclara Wilson en guise de compromis.

Steve le serra dans ses bras et l'embrassa avant de quitter la maison. Wilson le suivit et le jeune homme lui fit un geste de la main tout en se dirigeant vers la grange. Le chanteur le regarda s'éloigner en admirant le mouvement ensorcelant de ses hanches. Une fois qu'il disparut à l'intérieur, Wilson monta dans son pick-up et conduisit le reste de son groupe en ville.

Arrivés devant la salle, ils se garèrent et commencèrent à décharger leurs instruments.

— Je ne me souviens même pas de la dernière fois où j'ai chargé et déchargé le matériel moi-même, grogna Hammer en tirant une grosse caisse de la banquette arrière.

— Il va falloir te réhabituer. Ici, les gens n'aiment pas les fainéants, dit Wilson en attrapant sa guitare et son ampli. Dis-toi que j'ai même passé des soirées à nettoyer du crottin de cheval.

Lorsqu'il referma sa portière, trois paires d'yeux le fixaient avec scepticisme.

— D'accord, d'accord, une fois, je ne l'ai fait qu'une seule fois, avoua-t-il en riant. Mais j'ai appris à monter à cheval et cet automne, je vais aider les voisins à déplacer le bétail.

Il ouvrit la porte de la salle.

— Tu as l'air de t'être vraiment bien intégré, remarqua Peter.

— Je suppose, répondit-il en l'aidant à rentrer une énorme caisse en métal.

— Je t'avoue que je suis un peu jaloux, ajouta Peter en se concentrant sur ses pieds.

En moins d'une demi-heure, ils avaient tout mis en place et commencèrent à s'échauffer. Ils entamèrent quelques vieux classiques de leur répertoire et, une fois à l'aise, se lancèrent avec les nouvelles chansons. Ils étaient en train de tester *Long, Lonely Nights* lorsque Wilson les interrompit.

— Ça ne va pas, expliqua-t-il. Il y a quelque chose qui ne sonne pas juste.

— C'est pourtant ce que tu as écrit, le contra Hammer.

— Je sais, acquiesça Wilson. J'ai peut-être oublié quelque chose.

Il se mit à arpenter le sol en tripotant nerveusement sa guitare.

— Il manque quelque chose, mais je n'arrive pas à mettre le doigt dessus, marmonna-t-il frustré.

Il ferma ses yeux et fit abstraction de tout le reste, se replongeant dans le souvenir de cette nuit-là, la nuit où il avait écrit la chanson, assis sur le porche.

— La nature, dit-il soudain à voix haute puis, il se tourna vers les gars.

— Qu'est-ce que tu racontes ? demanda Hammer.

— Quand j'ai écrit cette chanson, j'étais assis sur mon porche. Il y avait des grillons, le bruit des chevaux dans la grange et la brise nocturne qui soufflait entre les arbres. C'est ça qui manque !

— Et qu'est-ce que tu proposes ? demanda Peter, sceptique. Tu veux enregistrer des sons et les rajouter à la piste ?

— Non. Je pense qu'il nous faut un violon sur ce coup et des percussions supplémentaires. Hammer, tu peux reproduire le piétinement des chevaux sur ta grosse caisse.

Wilson posa sa guitare et se dirigea vers lui. Prenant sa place, il commença à jouer sur l'instrument pour lui montrer ce qu'il avait en tête.

— Je veux qu'on l'entende piétiner et racler ses sabots contre le sol. Cette chanson devrait vous transporter, vous faire croire que vous êtes assis sur un porche, perdu dans le Far West, en train de penser à la personne que vous aimez.

Il tenta de leur expliquer ce qu'il voulait du mieux qu'il put, puis ils reprirent le morceau depuis le début. Ce n'était pas parfait, mais c'était mieux, et Wilson se mit à chanter les paroles qu'il avait écrites en pensant à Steve. Il chanta ses cheveux soyeux et ses yeux brillants, ce qu'il ressentait lorsqu'ils se posaient sur lui. Tout se mit en place alors qu'ils jouaient et, une fois la chanson terminée, un silence de plomb

149

régna dans la salle. Personne ne bougeait et Wilson s'apprêta à demander ce qui n'allait pas, lorsque Fred s'exclama :

— Putain ! C'était incroyable !

— Essayons encore une fois, répondit Wilson, et ils reprirent le morceau.

Ils terminèrent la chanson et le téléphone de Wilson vibra dans sa poche. Il reconnut le numéro de la maison et répondit à la hâte.

— Tout va bien ? demanda-t-il immédiatement et il entendit Maria rire à l'autre bout du fil.

— Tout va très bien, Señor Steve m'a demandé de vous appeler. Il a dit qu'il allait entraîner Hunter et qu'il vous appellerait lorsqu'il serait de retour.

— Merci de m'avoir prévenu Maria, dit-il avant de raccrocher.

Il aurait préféré que Steve appelle lui-même, il aurait voulu entendre sa voix.

— Prêts pour *Walking Away from Me* ? demanda-t-il en se retournant vers le groupe. J'ai imaginé celle-ci pour qu'elle soit plus intime et plus douce, comme une ballade, un peu mélancolique.

Les gars se regardèrent.

— Ce n'est pas ce que Howard nous a dit lorsqu'il nous l'a envoyée. Il a dit que la maison de disques voulait que nous la jouions à pleins tubes parce qu'ils pensent que ce sera le titre phare de l'album, dit Fred. Personnellement, j'aurais choisi celle que nous venons juste de jouer, mais tu sais que la maison disques a le dernier mot.

Wilson le savait, et la maison de disques avait toujours eu de bons instincts pour ces chansons, mais pas cette fois. Ils se trompaient.

— Essayons-la des deux manières, proposa-t-il. Nous choisirons celle qui nous plait le plus. Je ferais pression sur Howard pour qu'il nous appuie devant la maison de disques, si nécessaire.

Ils acquiescèrent et jouèrent d'abord le morceau sur un air énergique et entrainant, comme l'avait demandé le producteur. Ça sonnait bien, mais Wilson restait sur la réserve. Il tira un tabouret de bar à lui et se mit à gratter sa guitare. Les autres se joignirent à lui, ralentissant le tempo, et Wilson chanta la chanson, ses émotions à nu, sans artifice, sans effet de voix.

— Tu as écrit ça pour Steve, n'est-ce pas ? demanda Fred à la fin, de la chanson, et Wilson acquiesça.

— Je les ai toutes écrites pour lui, dit-il avant de se retourner.

Fred s'essuya maladroitement les yeux, et Hammer regarda sa batterie, refusant de rencontrer leurs regards. Peter jouait avec les cordes de sa contrebasse en reniflant.

— Alors, qu'est-ce que vous en pensez ? demanda Wilson, mais personne ne lui répondit.

— Fais pression sur Howard, dit finalement Fred et les autres acquiescèrent.

Wilson se sentait étrangement touché que les gars soient du même avis que lui pour cette chanson. Elle lui tenait particulièrement à cœur.

— Je crois que ça suffira pour aujourd'hui, suggéra-t-il enfin.

D'ordinaire, ils auraient encore travaillé pendant des heures et des heures, mais Wilson pouvait voir qu'ils étaient tous fatigués.

— Nous pouvons laisser tout le matériel ici. La salle est à nous pour la semaine entière.

Son téléphone vibra de nouveau et il décrocha.

— Señor Wilson.

La voix de Maria était paniquée.

— Le cheval du Señor Steve est rentré sans lui. J'ai prévenu les hommes de la sécurité et ils le recherchent, mais je suis inquiète.

Elle semblait au bord des larmes.

— Nous serons dans quelques minutes.

Wilson raccrocha et se tourna vers son groupe.

— Steve a disparu. Il faut que je parte à sa recherche, maintenant.

Il était déjà à la porte, les clefs de son pick-up à la main.

— On s'occupe de fermer la salle, dit Hammer en se hâtant vers les voitures. Pars devant, on te suit.

Wilson grimpa dans son pick-up, démarra le moteur et prit la route tout en composant le numéro de la police. Il n'avait pas beaucoup d'éléments à leur donner, autres que ceux que Maria lui avait transmis, mais ils lui promirent d'envoyer quelqu'un sur-le-champ.

Il conduisait à toute allure sur la route principale, lorsqu'il croisa un pick-up qui fonçait lui aussi à vive allure dans le sens inverse. Wilson eut juste le temps d'apercevoir une tête appuyée contre la vitre du passager, avant d'écraser le frein comme un forcené et de faire demi-tour dans un crissement de pneu infernal. Il aurait reconnu son visage n'importe où. C'était Steve. Il croisa les membres de son groupe qui rentraient au ranch, et rappela la police

— Je me dirige vers l'autre côté de la ville, dit-il à l'agent.

Il essaya de lui expliquer la situation, mais il finit par renoncer et jeta son téléphone sur le siège afin de se concentrer sur la route. Il était hors de question qu'il perde de vue ce véhicule. En approchant de la ville, le pick-up devant lui ralentit, pris dans le trafic de fin d'après-midi. Le conducteur fit une embardée sur la bande d'arrêt d'urgence et accéléra.

Le téléphone de Wilson sonna et il appuya sur le haut-parleur en tentant de suivre le pick-up.

— Monsieur Edwards, ici l'agent Carlston, où êtes-vous ?

L'adjoint semblait énervé, mais Wilson ne s'en souciait pas vraiment. Steve était peut-être blessé, ou pire.

— Je m'approche de la ville en passant par Old Cheyenne Road. Je suis à la poursuite d'un pick-up bleu qui vient de tourner à l'intersection principale. Il semble se diriger vers l'autoroute. Je crois que mon petit ami a été enlevé et qu'il se trouve à bord de ce pick-up.

— Ne vous inquiétez pas, nous allons l'intercepter.

La ligne fut coupée et Wilson prit le chemin qui menait vers l'entrée de l'autoroute. En approchant de la bifurcation, il fut soulagé d'apercevoir un véhicule de police et le pick-up bleu qu'il avait suivi. Il se gara juste derrière et sortit en courant pour rejoindre l'un des agents.

— Vous l'avez arrêté ? demanda-t-il sans préambule.

— Oui, cependant je ne pense pas qu'il s'agisse d'un enlèvement, Monsieur Edwards. C'est un homme qui emmène son fils à l'hôpital, expliqua l'adjoint. Nous avons appelé une ambulance. Elle ne devrait pas tarder à arriver.

Wilson devait vérifier par lui-même. Il s'approcha du pick-up, dont la porte arrière était grande ouverte, et vit Steve couché sur la banquette. Il se précipita vers lui.

— Restez loin de mon fils ! tonitrua une voix grave.

Wilson se retourna et rencontra le regard du père de Steve. Il sut instantanément qu'il se trouvait face à un homme qui avait l'habitude qu'on lui obéisse au doigt et à l'œil. C'était troublant et un peu intimidant, mais Wilson savait comment gérer les hommes comme lui et il ne recula pas.

— Monsieur, dit fermement l'un des adjoints, veuillez reculer.

— Steve est mon petit ami, déclara Wilson en regardant la voiture. Et cet homme est un kidnappeur. Il est peut-être son père, mais il emmène son fils contre son grès.

Les adjoints du shérif se regardèrent, confus.

— Lorsqu'il a révélé à son père qu'il était gay, cette ordure l'a enfermé dans un sous-sol, puis l'a envoyé dans un hôpital de cinglés pour le « guérir de son homosexualité ».

Wilson savait qu'il devrait cesser de s'agiter comme ça s'il voulait être pris au sérieux. Il s'accroupit au niveau du visage de Steve, et balaya délicatement les cheveux de son front.

— Tout va bien se passer, je suis là. Je t'ai promis que je ne le laisserais pas t'emmener, et je tiendrais ma promesse.

— Monsieur, dit l'adjoint près de lui. Je ne peux pas faire grand-chose sans avoir pris la déposition de l'homme qui est blessé.

— Vous ne pouvez pas laisser Steve partir avec cet homme, dit Wilson en prenant sa main avec précaution, faisant très attention de ne pas le bouger au cas où il serait blessé.

Il avait l'air si pâle. Son père fit un pas dans leur direction, et Wilson se plaça instinctivement entre lui et Steve.

— Ne vous approchez pas. Je sais ce que vous lui avez fait et je ne vous laisserai pas lui faire davantage de mal.

— C'est mon fils et je sais ce qui est bon pour lui, grogna le père de Steve.

— Comme de l'enfermer dans une pièce minuscule dans un sous-sol et le faire interner parce qu'il est gay ?

Wilson essayait de garder une voix calme, mais il était à deux doigts d'exploser.

— Il est malade, il a besoin d'aide.

— Donc vous l'admettez, répondit Wilson en regardant les policiers. Aux dernières nouvelles, l'homosexualité n'est plus reconnue comme une maladie, et puisque je doute que vous soyez médecin, vous n'êtes pas apte à prendre cette décision.

Wilson se retourna vers les officiers.

— Cet homme vient d'avouer un enlèvement. Son fils est un adulte et il n'a pas à prendre de décision pour lui.

L'adjoint s'approcha du père de Steve.

— Mettez vos mains là où je peux les voir.

— Ne m'approchez pas, protesta son père et deux agents lui attrapèrent les mains et l'immobilisèrent au sol.

— À qui le tour d'être immobilisé contre son gré ? demanda Wilson d'une voix cruelle, avant de reporter son attention sur Steve qui semblait remuer. Steve ? C'est moi, dit-il en lui reprenant la main et en soulevant sa tête du siège. Vas-y doucement, les secours vont arriver.

On pouvait entendre les sirènes de l'ambulance se rapprocher.

— Tu vas bien ?

— Mon père m'a emmené, dit Steve d'une voix rauque en essayant de s'asseoir sur le bord du siège.

Il se pencha et vomit brusquement sur le sol. Wilson lui tint la main jusqu'à ce que les ambulanciers arrivent et prennent le relais. Il les regarda le faire monter dans l'ambulance, et ne recula qu'au dernier moment, lorsque les portes se refermèrent. Il la regarda s'éloigner avant de se retourner vers les officiers.

— Que voulez-vous savoir ? demanda-t-il et, les questions fusèrent.

Il leur dit tout ce qu'il savait au sujet de la relation de Steve et de son père, son anxiété augmentant à chaque seconde qui passait, jusqu'à ce qu'ils le laissent enfin partir. Wilson fonça droit vers l'hôpital.


— Tu veux de l'aide ? demanda Wilson à Steve en lui ouvrant la porte d'entrée, avant de revenir à ses côtés pour le prendre par la main.

— Je ne suis pas handicapé, répondit le jeune homme, mais Wilson l'ignora et l'aida à franchir le seuil.

À l'intérieur, Maria et Alicia les attendaient, inquiètes, mais heureuses de le revoir, sain et sauf. La petite fille s'assit à côté de lui sur le canapé.

— Je vais bien, dit-il à Alicia, mais elle ne semblait pas convaincue.

Elle grimpa sur ses genoux pour qu'il la prenne dans ses bras.

— Je vais bien, répéta-t-il exaspéré en levant les yeux vers la petite assemblée qui le couvait du regard.

— Que s'est-il passé ? demanda Fred.

— Il y a environ une semaine, j'ai reçu un appel de Gilbert, l'un des hommes de la communauté dans laquelle j'ai grandi. Il m'a dit qu'il avait démis mon père de ses fonctions de chef. Il m'a également dit que mon père me blâmait pour son éviction et qu'il était parti, mais qu'il ne savait pas où il était allé. Ils avaient peur qu'il vienne après moi.

Steve toussa et Wilson se leva pour aller lui chercher un verre d'eau. Il le lui tendit et s'installa à côté de lui, sur le canapé. Le jeune homme but son verre d'une traite et le posa sur la table basse.

— Gilbert m'a juré que personne n'avait dit à mon père où me trouver, mais apparemment quelqu'un l'a fait.

— Que s'est-il passé aujourd'hui ? demanda nerveusement Wilson.

— Je ramenais Hunter vers le ranch lorsque j'ai été éjecté. Je me souviens être tombé, mais après ça, c'est le trou noir. Quand je me suis réveillé ensuite, j'ai entendu ta voix. Tu te disputais avec mon père et des policiers.

Maria prit Alicia dans ses bras et l'emmena jouer dans une autre pièce.

Steve se retourna vers lui et Wilson lut dans son regard une expression qu'il ne savait pas comment interpréter.

— J'ai entendu ce que tu as dit. Je ne pouvais pas bouger, mais je t'ai entendu. Tu leur as dit que j'étais ton petit ami.

— Tu l'es, répondit Wilson.

— Je sais. Mais tu leur as dit, tu leur as dit à voix haute, sans hésiter.

Steve appuya sa tête contre sa poitrine.

— Tu l'as fait pour moi.

— Je t'aime, murmura Wilson.

Il entendit vaguement les autres se lever et sortir de la maison pour leur laisser un peu d'intimité. Un bruit de moteur lui indiqua que le groupe était sans doute retourné à leur hôtel.

— J'étais tellement inquiet pour toi. Je n'ai pas fait attention à ce que je disais. Tout ce que je savais c'était que je ne pouvais pas laisser ton père t'emmener.

Les battements de son cœur s'accélérèrent en pensant à ce qui aurait pu arriver s'il ne l'avait pas reconnu et qu'il n'était pas parti à sa poursuite. Et s'il était arrivé quelques minutes plus tard ? Ou bien s'il

155

avait pris une route différente pour rentrer à la maison ? Ces pensées le firent frémir.

— Est-ce que tu regrettes ce que tu as dit ? demanda Steve en relevant la tête, les yeux brillants d'incertitude.

— Non. J'avais déjà décidé de ne plus me cacher. Tu es mon petit ami, mon amant... quel que soit le terme approprié.

Wilson caressa tendrement les cheveux soyeux du jeune homme.

— J'ai failli te perdre aujourd'hui et j'ai réalisé que tu étais plus important que ma carrière, ou que mes légions de fans. Je serais heureux que tu sois mon seul public. Tant que tu es auprès de moi et que je peux faire de la musique, le reste n'a pas d'importance.

Wilson se pencha, ses lèvres effleurant celles de Steve. Puis, il s'éloigna et le jeune homme le regarda longuement.

— Que va-t-il arriver à mon père ? demanda-t-il.

— Il a été emmené en garde à vue, mais c'est tout ce que je sais. J'ai demandé qu'il soit inculpé pour tentative d'enlèvement ; ils m'ont dit que c'était possible, mais que le reste de ces crimes serait difficile à prouver.

Wilson lut la douleur et la colère dans les yeux de Steve.

— Dans tous les cas, je ne pense pas qu'on le reverra avant très longtemps.

Il avait bien l'intention de faire en sorte que le père de son compagnon ne soit plus jamais en mesure de terroriser son fils.

— Tu devrais probablement aller t'allonger un peu

Il se leva et tendit une main pour l'aider à se relever. Il dirigea Steve vers le couloir, puis dans la chambre, et le guida vers le lit.

— Est-ce que tu as faim ?

Steve secoua la tête et Wilson l'aida à se déshabiller avant de l'installer sous les couvertures. Il se pencha vers lui et l'embrassa tendrement sur la joue avant de sortir de la chambre le plus discrètement possible. Le jeune homme était déjà à moitié endormi. Une fois dans le couloir, Wilson sortit son téléphone et appela Howard.

— J'ai besoin que tu t'occupes de quelque chose, dit-il d'un ton décidé. Je veux que tu prennes contact avec la maison de disques et que tu leur dises que je vais modifier les arrangements sur *Walking Away From Me*. Le groupe et moi avons décidé que la version acoustique était bien meilleure. Et s'ils ne sont pas d'accord, dis-leur qu'on ira voir ailleurs.

— Ils ont insisté pour leur version la dernière fois que nous en avons parlé, mais je vais essayer.

— Bien. Et je veux que tu me programmes sur un talk-show sympathique avant que l'article ne soit prêt à être imprimé. Je veux raconter mon histoire.

Wilson inspira profondément pour calmer ses nerfs.

— Il est temps que j'arrête de me cacher. J'en ai parlé avec le groupe et ils sont d'accord.

Il entendit Howard soupirer.

— Si tu es sûr de toi...

— J'en suis certain. Je veux vivre ma vie de façon honnête avec l'homme que j'aime. Il le mérite et moi aussi. Je sais que tu t'inquiètes, et c'est normal, mais si tu y réfléchis bien, c'est la meilleure solution.

Howard laissa planer un long silence incertain, avant de répondre :

— Tu as raison. Je vais également alerter la maison de disques pour qu'ils ne soient pas surpris. Je préfère t'avertir : ils risquent de vouloir renégocier ton contrat, et ton rôle dans le film pourrait disparaître.

— Je sais, et si c'est ce qui se passe, alors ainsi soit-il. Mais je ne pense pas qu'être gay soit un aussi gros problème qu'autrefois. Il existe des tas d'acteurs et de musiciens ouvertement gays de nos jours. Dis-leur bien que je ne renégocierai pas mes contrats. S'ils persistent dans cette voie, nous les menacerons d'aller voir ailleurs. Je leur rapporte trop d'argent pour qu'il m'abandonne comme ça.

À l'autre bout du fil, Howard éclata de rire.

— Si tu n'avais pas un tel talent, tu aurais pu faire un sacré bon manager. Je m'occupe de tout, je te rappelle très vite.

— Merci, dit Wilson avant de raccrocher.

Il erra dans la maison en pensant à Steve et à toutes les décisions qu'il venait de prendre. Pour la première fois de sa vie, il se sentait en paix avec lui-même.

— Señor Wilson, tout ira bien, le rassura Maria lorsqu'il entra dans la cuisine. Vous êtes un homme bien et ce que vous faites est juste. Les mensonges ne sont jamais bons. Ils ne font que blesser et vous rendre malheureux.

Wilson hocha la tête et l'embrassa sur le front, avant de regagner sa chambre. Steve était profondément endormi. Wilson l'observa pendant un long moment, puis il sortit et referma la porte derrière lui, rassuré et serein. Il avait fait le bon choix, il le sentait dans le fond de son cœur. Il alla récupérer sa guitare dans son pick-up et s'assit sur le porche. Il commença à gratter les cordes et laissa ses sentiments s'exprimer. Des larmes de joie et de soulagement jaillirent de ses yeux et le bonheur fleurit dans sa poitrine.

Une mélodie commença à jouer dans sa tête et Wilson lui laissa le champ libre. C'était un air différent des deux derniers, quelque chose de plus puissant, nourri des émotions qu'il avait vécues au cours de ces dernières heures. L'énergie de la musique coula dans ses doigts, sur les cordes, dans les notes s'échappaient. C'était une chanson d'amour.

Wilson avait déjà écrit des chansons d'amour, mais celle-ci était différente. Elle était adressée à une personne en particulier. C'était une chanson pour Steve, et pour tout ce qu'il représentait à ces yeux, ce qu'il lui avait apporté dans sa vie et le futur qu'il voulait construire avec lui. Une fois qu'elle fut finie, il la chanta à nouveau, changeant légèrement les mots ici et là, jusqu'à ce qu'ils prennent tous leur juste place. Puis, il la chanta une dernière fois, sa voix résonnant dans l'air du début de soirée. Il chanta pour les chevaux, pour les grands espaces du Wyoming, pour Mère Nature. Il aimait Steve et il voulait que le monde entier le sache.

— Est-ce que c'est pour moi ?

Wilson se figea, et se retourna pour découvrir Steve, debout juste derrière lui. Il hocha lentement la tête.

— C'est beau, murmura-t-il, mais il ne bougea pas et Wilson l'entendit renifler légèrement. Je ne me suis jamais senti aussi aimé par quelqu'un de toute ma vie.

Wilson posa sa guitare, se leva et s'approcha lentement. Steve sortit enfin de sa torpeur et se précipita dans ses bras. Ils se serrèrent l'un contre l'autre, dans la lumière du soleil couchant. Qu'importait si quelqu'un les voyait ? Ils s'aimaient, rien d'autre n'avait d'importance.

— J'ai failli te perdre, murmura Wilson d'une voix tremblante. Je ne veux plus jamais que cela se reproduise.

— Pas si je peux l'éviter, déclara Steve en posant sa tête sur l'épaule de Wilson. Je resterai avec toi aussi longtemps que tu voudras de moi.

Steve releva la tête et leurs yeux se rencontrèrent.

— Tu m'as sauvé la vie. Tu m'as redonné espoir, un endroit pour vivre et tu as transformé ce lieu en une véritable maison. Je te dois tellement…

Wilson secoua lentement sa tête.

— Tu ne me dois rien du tout. Tu es la personne la plus extraordinaire que j'ai rencontrée de toute ma vie. C'est moi qui ai une chance incroyable de t'avoir dans ma vie.

Wilson se pencha, et l'embrassa.

— Nous devrions sans doute rentrer. Le dîner sera bientôt prêt et si tu te sens assez reposé, j'aimerais te montrer à quel point tu comptes pour moi ce soir.

Steve prit sa main et le tira dans la maison.

Après dîner, Wilson et Steve firent une promenade tardive autour de la propriété. Ils passèrent près du vieux pick-up du jeune homme, toujours garé là où il l'avait laissé le jour de son arrivée.

— Nous devrions t'acheter un nouveau pick-up et mettre celui-ci au garage, commenta Wilson en passant une main sur la tôle rouillée du véhicule, se remémorant le jour de leur rencontre. Ou peut-être pas à la réflexion. Peut-être que nous devrions le faire réparer ; après tout, c'est lui qui t'a amené jusqu'à moi.

Steve se mit à rire et lui prit la main. Ils traversèrent la grange pour distribuer des caresses aux chevaux.

— Je vais bientôt devoir ramener Chester et Lilly chez Wally et Dakota. Ils se laissent monter facilement maintenant. Je me demandais… Serais-tu d'accord afin que j'ouvre une école de dressage ?

— Tu peux faire tout ce que tu veux, répondit Wilson en glissant un bras autour de sa taille.

Il savait qu'ils traverseraient encore sans doute nombre d'épreuves et de moments difficiles, mais en cet instant, ils étaient heureux et c'était tout ce qui comptait.

# ÉPILOGUE

W<small>ILSON SE</small> promenait dans les loges de la première date de sa tournée de concerts. L'année passée, il avait joué pour la première fois dans un film et il avait enregistré un nouvel album. L'album était sorti quelques jours plus tôt, et Willie Meadows et son groupe le jouaient ce soir pour la première fois devant un public.

Howard avait été d'un grand soutien lors de la signature du contrat. Il lui avait arrangé un passage dans *The Oranda Show*, où il avait avoué au monde qu'il était gay. Dans l'ensemble, les choses s'étaient bien mieux passées qu'il ne l'avait craint et, à plusieurs reprises, il s'était demandé pourquoi il s'était caché aussi longtemps.

— Tu es magnifique, dit Howard alors que Wilson lissait sa chemise pour la millionième fois. Mais je pense toujours que tu devrais porter la veste.

Wilson décrocha la veste en cuir, la regarda longuement, et la reposa.

— Non. Elle fait partie du costume de l'ancien moi. Le but de cette tournée est de montrer au monde entier qui est le *vrai* moi.

Quelqu'un toqua, puis la porte s'ouvrit. Steve entra.

— Je t'ai apporté quelque chose, dit-il, en posant une grande boîte sur la table de maquillage.

Wilson l'ouvrit et en tira un vieux chapeau de cow-boy.

— Je l'ai trouvé dans une friperie. C'est un véritable chapeau de cow-boy.

Steve s'approcha et le posa sur sa tête. Wilson se regarda dans le miroir et sourit. Il était parfait.

— Tu vas être génial.

Le jeune homme s'approcha et l'embrassa. Wilson vit Howard reculer et sortir sans faire de bruit.

— Est-ce que tu es nerveux ?

— Terrifié, répondit-il en sentant son estomac se retourner.

— Tu vas être incroyable. Je le sais, répéta Steve convaincu.

Il l'embrassa de nouveau, peu soucieux d'être surpris par un éventuel visiteur. Il y avait longtemps qu'ils ne s'inquiétaient plus de cela.

— Ne t'inquiète pas ; le ranch sera toujours là quand tu rentreras à la maison et je t'aimerai toujours, quoi qu'il arrive. Tout ce qui compte, c'est que tu fasses la musique que tu aimes.

Wilson acquiesça et l'embrassa encore. La porte s'entrouvrit légèrement.

— Trois minutes, annonça une voix.

Wilson vola un dernier baiser pour lui porter chance, avant de se regarder dans le miroir. Il se reconnaissait enfin dans son reflet : un véritable cow-boy au lieu d'une pâle copie. Il portait un simple jean et une chemise ordinaire avec ses bottes préférées qu'il traînait partout sur le ranch.

— Je te revois sur scène, dit Steve qui l'embrassa encore une fois avant de sortir.

Wilson attendit quelques secondes, puis la sécurité vint le chercher pour l'escorter jusque sur scène. Il prit sa place et lorsque le groupe commença à jouer, les projecteurs se braquèrent sur lui. Il transpirait déjà. Il commença à chanter et la foule réagit au quart de tour. Avec toutes les lumières, il ne pouvait pas vraiment voir le public, mais il pouvait entendre les voix des vingt mille personnes qui remplissaient la salle. À la fin de sa première chanson, la foule était en délire.

— Merci ! cria Willie en se tenant debout au bord de la scène. La prochaine chanson provint du nouvel album, j'espère qu'elle vous plaira !

Le groupe commença à jouer les premières notes de la version studio de *Walking Away From Me*. L'éclairage changea, et Wilson entraperçut Steve entre deux faisceaux de lumière. Il se tenait debout près de la scène. Wilson chanta la première chanson qu'il avait écrite pour lui avec toute l'énergie dont il était capable. Le public était tellement enthousiasme qu'il sentît le bâtiment trembler.

— Cette chanson m'a été inspirée par quelqu'un de très spécial, dit-il à la fin.

La foule lui répondit par des cris enjoués.

— La version que vous venez d'entendre est celle que nous a demandé la maison de disques, mais il en existe une autre version. Vous voulez l'entendre ?

Willie prit l'enthousiasme de la foule pour un oui. Il fit un signe de tête en direction des coulisses, et un homme entra sur scène pour lui apporter sa guitare sèche et un tabouret. Willie s'assit et régla le microphone à la bonne hauteur. Les lumières sur scènes se furent tamisées, jusqu'à ce qu'il ne soit plus éclairé que par une faible flaque de lumière, au beau milieu d'une scène obscure et muette. Puis, il commença à jouer.

Il n'y avait plus que Willie et sa guitare, chantant la chanson qu'il avait écrite pour Steve.

— « Je te regarde tous les jours, prendre soin de ceux qui t'entourent, mais la seule chose que je désire, pourrais-je seulement l'avoir un jour ? Tu m'aimes, tu as besoin de moi, est-ce le destin ? Ou bien est-ce que je veux voir tes longues jambes marcher loin de moi ? T'éloigner, t'éloigner, t'éloigner de moi. »

Le dernier accord s'évanouit et la salle resta silencieuse. Wilson attendit une seconde, puis se leva, persuadé que le public n'avait simplement pas aimé.

C'est alors que la salle tout entière explosa dans un tonnerre d'applaudissements comme Wilson n'avait jamais entendu. L'ensemble du bâtiment fut secoué par la force de leur réaction. Une fois le calme revenu, Willie reprit la parole.

— J'imagine que la maison de disques avait tort, dit-il avec un clin d'œil.

Et la foule s'emporta de plus belle.


Au moment où le concert touchait à sa fin, Wilson était à la fois euphorique et épuisé. Se produire sur scène lui faisait toujours cet effet. La foule lui donnait de l'énergie, mais il en fallait également beaucoup pour divertir vingt mille personnes. Lorsque retentit la dernière note de la dernière chanson, Willie tira sa révérence. Il pouvait à peine tenir debout. Le trajet jusqu'aux loges lui sembla incroyablement long. Il s'effondra dans un fauteuil dès qu'il arriva. Il y avait des boissons sur la coiffeuse. Wilson en attrapa une à l'aveuglette, et la colla contre son front en poussant un grognement. Willie Meadows en avait terminé pour la nuit et maintenant, il ne restait plus que lui. Wilson s'attendait à l'habituelle parade des gens qui s'arrêtaient passer le voir après chaque concert, il but donc son soda en quelques gorgées et attendit patiemment.

Howard fut le premier.

— Je suis déjà au téléphone avec la maison de disques. Devine quoi ? Ils veulent sortir ta version de *Walking Away From Me* en single.

Wilson hocha la tête et adressa un sourire à Howard. Les membres du groupe entrèrent à leur tour, encore bouillants d'énergie.

— Ils ont adoré tes nouvelles chansons, dit Fred en lui donnant une étreinte. Et tu as vu tous ces gars dans le public ? Ils n'étaient jamais aussi nombreux avant.

Wilson sourit et hocha la tête. Depuis qu'il avait fait son coming out, la composition démographique de son auditoire avait quelque peu changé. Les femmes l'écoutaient toujours, mais il avait également attiré un grand nombre de nouveaux auditeurs homosexuels. C'était assez cool.

— Est-ce que tu as entendu cette foule ? demanda Peter en sautant dans tous les sens comme un gamin excité. C'était génial !

Hammer et lui se tapèrent dans la main.

— Espérons que ça continue, dit Wilson. Il nous reste vingt dates pour gagner le cœur du reste des États-Unis.

Après ça, il pourrait rentrer au ranch pour retrouver un peu de calme et de tranquillité. Il n'était parti que depuis une semaine et déjà, il lui manquait. Il échangerait volontiers le rugissement de la foule avec le hennissement joyeux de ses chevaux et le chant des grillons dans la nuit.

Les gars quittèrent la loge en parlant de descendre dans un bar local où il y aurait beaucoup de femmes qu'ils pourraient impressionner. Après leur départ, Steve passa sa tête par la porte. Wilson sourit et il entra dans la loge. Le chanteur se leva et le prit dans ses bras

— Je t'avais dit que tu serais incroyable, chuchota-t-il à son oreille en resserrant l'étreinte.

Wilson ferma les yeux en inhalant l'odeur unique et réconfortante de son jeune amant, et tout le reste s'éclipsa : la fatigue, le stress, l'incertitude.

— Dans combien de temps peux-tu partir ? demanda Steve.

163

— Maintenant, si tu veux, déclara Wilson en regardant autour d'eux, surpris de constater qu'ils étaient seuls.

— Lorsque je pense qu'il faut tout recommencer demain soir dans l'état voisin, dit-il en réprimant un bâillement.

La vie en tournée se résumait à ça : quelques jours dans un endroit, puis un long trajet et tout recommençait. Le spectacle était le même, mais se donner sur scène nuit après nuit était épuisant.

— Quand as-tu prévu de rentrer ?

— Demain sans doute, après votre départ pour le prochain concert. Je vais rentrer t'attendre au ranch, répondit Steve dans un petit sourire.

— Allez, viens, rentrons à l'hôtel.

Wilson le prit par la main et le fit sortir de la loge. Ils passèrent devant les derniers techniciens qui rangeaient le matériel. La sécurité les escorta jusqu'à une limousine qui les attendait pour les ramener à l'hôtel.

Dans leur chambre, le dernier soupçon d'énergie qui lui restait s'évapora et Wilson s'effondra sur le lit. Steve s'allongea à côté de lui et le chanteur le prit dans ses bras.

— Qu'est-ce que je vais faire sans toi pendant cette tournée ?

Steve se mit à rire doucement.

— Tu penseras au ranch, à Maria, Alicia et moi, parce que tu sais que nous t'attendrons. Maria a déjà promis de te préparer ton plat préféré à ton retour. Les travaux seront terminés et nous pourrons baptiser notre nouvelle chambre, ajouta le jeune homme en se blottissant contre lui. J'ai eu une petite conversation avec l'entrepreneur et je t'ai organisé une petite surprise, ajouta-t-il dans un murmure.

Wilson tourna son visage vers lui.

— Quel genre de surprise ?

Steve le regarda dans les yeux. Il aurait voulu ne pas avoir à le quitter, mais il savait que leur séparation ne rendrait leurs retrouvailles que plus intenses.

— Tu le sauras quand tu rentreras, répondit-il mystérieusement.

Wilson était tenté de l'obliger à tout révéler, mais il était trop fatigué. Il ferma les yeux, passa ses bras autour de Steve, savourant la chaleur de leurs corps qui se mêlait sous la couverture.

Il s'imagina couché dans leur lit au ranch. La maison était calme, les sons de la nuit parvenant par la fenêtre entrouverte. Il attendait Steve. Il pouvait entendre le bruit de ses pas dans le couloir, et lorsqu'il apparut sur le pas de la porte, il était nu. Il laissa ses yeux parcourir ses longues jambes, comme dans la chanson.

Mais cette fois-ci, Steve ne s'éloigna pas de lui.

ANDREW GREY a grandi dans l'ouest du Michigan, élevé par un père qui aimait raconter des histoires et une mère qui adorait les lire. Depuis, il a vécu un peu partout à travers les États-Unis, et a roulé sa bosse aux quatre coins du monde. Il a obtenu un Master en informatique à l'Université de Wisconsin-Milwaukee et travaille désormais pour une très grande entreprise.

Andrew aime collectionner les antiquités, jardiner et laisser traîner sa vaisselle sale n'importe où sauf dans l'évier (surtout quand il écrit). Il pense qu'il a la chance d'avoir une famille tolérante et ouverte d'esprit, des amis incroyables et le compagnon le plus fantastique et le plus aimant du monde. Andrew vit actuellement à Carlisle, en Pennsylvanie.

Son site internet : www.andrewgreybooks.com
Son blog : andrewgreybooks.livejournal.com

# Cœur de LOUP

## ANDREW GREY

Histoires de cœur, tome 1

Après une première année en fac de médecine, Dakota Holden est contraint de revenir dans le Wyoming de son enfance pour reprendre le ranch familial et s'occuper de son père, atteint d'une sclérose en plaques. Dévoué à sa famille, il ne s'autorise qu'une semaine de vacances par an. Sept jours, sept petits jours qu'il passe le plus loin possible du ranch, et durant lesquels tous les interdits du reste de l'année tombent enfin. Lors de ses dernières vacances sur une croisière, il fait la connaissance de Phillip Reardon, qui va jouer un rôle important dans sa vie.

Lorsque Phillip décide d'accepter l'invitation de Dakota de venir lui rendre visite dans son ranch, Dakota est heureux de le revoir et de rencontrer son ami vétérinaire, Wally Schumacher. Le problème, c'est que Wally n'a très vite qu'une seule idée en tête, protéger les loups que les hommes de Dakota sont obligés de chasser afin de protéger le bétail. Mais malgré leurs différends, Dakota et lui se trouvent de nombreux points communs et très vite, une forte attirance s'installe entre eux. Il leur faudra alors décider si les terres du Wyoming sont assez grandes pour le troupeau de Dakota, les loups de Wally, et leur amour.

# www.dreamspinner-fr.com

# CŒUR À
## Prendre

## ANDREW GREY

Histoires de cœur, tome 2

Le ranch des Holden et le ranch des Jessup sont voisins, mais ils n'entretiennent pas ce qu'on pourrait appeler des relations cordiales ; Jefferson Holden et Kent Jessup se détestent.

En dépit des vieilles rancunes qui brûlent entre leurs pères, le jeune Haven Jessup ne peut se résoudre à cette haine, surtout après que Dakota Holden est venu à son secours lors d'une violente tempête.

Dans la cohue, Haven fait la connaissance de Phillip Reardon, un ami de Dakota. Phillip est un homme tolérant et ouvert d'esprit, et il accepte Haven tel qu'il est, dès le début. Il ne tarde pas à découvrir le secret d'Haven, son attirance pour les hommes, et très vite, ils entament une relation secrète.

Mais leurs sentiments les dépassent, et l'angoisse d'être découverts pèse sur leur couple. Des clôtures sabotées, des animaux blessés, des histoires mystérieuses et les secrets de la famille Jessup vont menacer le bonheur naissant d'Haven qui rêve d'un avenir avec Phillip.

# www.dreamspinner-fr.com

# À CŒUR ouvert

# ANDREW GREY

Histoires de cœur, tome 3

La dernière chose à laquelle Liam Southard s'attendait en fuyant son père abusif, c'était d'être recueilli par un couple de ranchers gays. En un rien de temps, il se remet sur pied, trouve un travail et accepte enfin son homosexualité. Et puis un beau matin, il se retrouve menacé d'une arme.

Pour la défense de Troy Gardener, il sait qu'il n'aurait pas dû pointer son fusil sur le jeune homme aux incroyables yeux bleus. Entre son mariage qui vient de s'effondrer et la solitude qui le rend fou, perdu dans cette vieille cabane au fin fond du Wyoming, il a des circonstances atténuantes. Il s'excuse auprès de Liam et découvre très vite qu'ils ont plus d'une chose en commun.

Mais avec le père de Liam qui débarque à l'improviste et une société minière qui menace la survie du ranch, difficile de commencer une histoire d'amour. Une chose est sûre, ils n'auront pas le temps de s'ennuyer.

# www.dreamspinner-fr.com

# ALCHIMIE ORGANIQUE

ANDREW GREY

Brendon Marcus ne vit que pour son travail. C'est un génie qui a sauté des classes jusqu'à devenir professeur à l'université à ses vingt ans et quelques, et qui ne connaît rien d'autre. Les interactions avec d'autres personnes le rendent confus. Alors quand Josh Horton, l'assistant du coach de football, le poursuit de ses assiduités, Brendon n'est pas sûr de la démarche à adopter.

Josh a ses propres problèmes. Ses parents, à qui tout réussi, ne sont pas particulièrement heureux de son choix de carrière, et certains joueurs n'aiment pas avoir un assistant gay. Il commence à avoir des doutes, mais Brendon rend son monde meilleur.

Mais quand le chef du département de Brendon commence à causer des problèmes, Josh et Brendon découvrent que se défendre l'un et l'autre est la première étape pour pouvoir faire face au reste du monde.

# www.dreamspinner-fr.com

DREAMSPUN DESIRES

# LE RANCHER
# SOLITAIRE
## Andrew Grey

Il est prêt à tout dévoiler
pour sauver le ranch.

Il est prêt à tout dévoiler pour sauver le ranch.

Aubrey Klein a de gros ennuis : il a besoin d'argent au plus vite pour sauver le ranch familial. La solution ? Travailler comme strip-teaseur le week-end dans un club de Dallas. Chaque samedi soir, le temps de deux spectacles, il est le Rancher Solitaire. Il est la star.

Un jour, il fait une découverte inattendue : à l'issue d'un spectacle, Garrett Lamston, un vieil ami d'enfance, l'aborde alors qu'il est toujours masqué, pour lui proposer de s'amuser... Aubrey n'avait jamais soupçonné que ce garçon était gay. Confrontés à des mères envahissantes qui veulent à tout prix leur trouver des épouses, les deux amis se rapprochent et deviennent de plus en plus intimes.

Aubrey sait bien qu'entre le ranch et le club, sa vie n'est qu'un château de cartes. Il espère seulement tenir le coup suffisamment longtemps pour mettre l'exploitation familiale hors de danger, bâtir la vie à laquelle il aspire et trouver l'amour.

# www.dreamspinner-fr.com

Par ANDREW GREY

Alchimie organique
Destinés l'un à l'autre
Feu et eau
Une juste cause
Le rancher solitaire

AMOUR…
Amour… sans honte
Amour… et courage
Amour… sans limite
Amour… et liberté

LES ARÔMES DE L'AMOUR
La saveur de l'amour
Une portion d'amour

HISTOIRES DE CŒUR
Cœur de loup
Cœur à prendre
À cœur ouvert
À cœur perdu

PAR LE FEU
Le baptême du feu
Tout feu, tout flamme

Publié par DREAMSPINNER PRESS
www.dreamspinner-fr.com

www.ingramcontent.com/pod-product-compliance
Lightning Source LLC
Chambersburg PA
CBHW031235260626
47169CB00007B/2306